엄마의 딸이 되려고
몇 생을 넘어
여기에 왔어

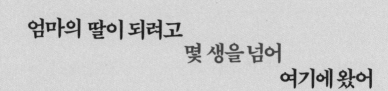

엄마의 딸이 되려고
몇 생을 넘어
여기에 왔어

이순하 지음

"엄마!"

"괜찮아. 다 괜찮을 거야."

"오이야, 내가 오늘은 늬 에미다, 실컷 울어라."

"마마, 바모스 콘 미고Mama, Vamos con migo."

"엄마, 꼭 나랑 같이 가요."

이야기장수

식구食口, 서로를 먹여 살리느라 우리가 주고받은 상처와 슬픔에 대하여

어릴 적 아침이면 부엌에서 들려오는 도마질 소리에 잠을 깼다. 소리는 알람보다 정확했고 아침을 깨우는 예보였다. 엄마가 부엌에 있다는 생각만으로도 마음이 푸근했다. 밥이 뜸드는 구수한 냄새는 코를 벌름거리게 했고, 아껴 때느라 불구멍을 꽉 틀어막은 연탄아궁이 위의 양은솥 안에는 밤새 데워진 물이 김을 뿜고 있었다. 부엌 한 귀퉁이에서 더운물로 머리를 감았고 등교 준비를 했다.

먹이고 가르치느라 엄마의 등골은 휘었지만 한 번도 자식들 배를 곯리지 않았다. 엄마가 떤 억척은 태산을 옮기고도 남았다. 어릴 적 엄마가 만들어준 추억의 음식은 기억의 저장고에서 숙성된 채 혓바닥에 머물렀다. 미각은 시각보다 오래가는 법이다. 밥벌이가 고단할 때마다 엄마가 내 혀와 뱃속에 각인시킨 맛에 나는 자석처럼 이끌렸다.

먹고산다는 것은 때로 뜨거운 해장국을 먹다가 입천장을 데어 며칠간 입속이 까끌거리는 일이고, 소주 한 잔에 목메어 눈물 흘리는 일이기도 하다. 먹고살기 위해 애타는 동경의 대상을 외면해야 할 때도 있었고, 가장 가까운 식구들끼리 지울 수 없는 모진 상처를 남기기도 했다. 외로움에 무너져 비틀거린 적도 있었고 핏대를 올리며 고함지르기도 했고 그러다 넘어져 울기도 했다.

어찌 살아야 버텨지는지를 모르니 내 나름대로 해답을 만들어야 했다. 그중 하나가 몸이 아픈 날엔 뜨끈한 해장국에 밥을 말아 먹는 것이었다. 아버지가 그랬듯 밥주발 뚜껑의 온기에 데워진 술로 반주하며 동시에 해장국을 넘기면 아픈 몸이 씻은듯이 나았다. 뜨거운 국밥을 깔깔한 목구멍에 밀어넣으면 순간 뚝배기 안에 담긴 그리움에 울컥 목이 메었지만, 점차 몸이 풀리면서 마음도 개운해졌다. 그렇게 젊은 날을 날선 송곳처럼 앙칼지게 버텼고, 때로는 푹 퍼진 시래기처럼 늘어지기도 했다.

결국 평생 그렇게 지긋지긋하고 버거워했던 먹고사는 이야기로 책을 낸다. 이 책은 내가 식구들과 함께 먹고살아온 이야기이며 서로가 서로를 먹여 살린 이야기이다. 혈연으로 맺어진 식구는 아니지만 내 삶의 어느 시절에 식구보다 더 깊고 곡진하게 나를 건사해 먹여 살린 이들의 이야기도 있다.

인생이란 게 거창한 것 같지만 결국 한판의 먹고사는 이야기이며, 대개 다들 엇비슷한 모양으로 살아간다. 저멀리 무지개처럼 영롱하고 특별한 삶이 있는 것 같아 보여도 실은 인간의 삶이란 거기서 거기인 것이다.

어린 날부터 내 식구들의 삶에는 둘둘 말린 채 집구석에 처박힌 낡은 담요처럼 쾨쾨한 먼지가 달라붙어 있었고, 외로움이 배어 있었다. 나는 그 남루한 삶을 벗어나 새롭고 특별한 삶으로 넘어가고 싶어 몸부림쳤다. 우리 엄마의 딸로 태어나서, 먹고사는 것이 수월하고 자연스러운 일이 아닌 집안에 줄줄이 태어난 반갑잖은 딸내미여서, 그럼에도 자의로 또다시 지지리 가난한 집안의 남자를 택해 결혼해서 힘든 세월을 헤치고 살아왔다.

그러나 인생이란 묘해서 가족이라는 언덕은 늘 나를 숨차게 했지만, 헉헉대며 올라간 끝에 몰아쉬는 숨은 때로 포근했다. 그 언덕길이 너무 가파르다고 오르기를 주저했다면 엄마

작가의 말

딸이 아니다. 엄마의 딸이므로 내가 엄마처럼 사는 것은 당연했다.

엄마는 훗날 '우리' 엄마로 사는 것을 넘어 외롭고 고단한 이들 모두의 엄마가 되어주었다. 사람들은 내 엄마를 붙들고 "엄마!"를 부르며 오열했고, 엄마는 그때마다 "오이야, 내가 오늘은 늬 에미다, 실컷 울어라" 하며 등을 쓸어주고 음식을 만들어주었다. 그런 엄마의 딸로 태어난 것은 엄청난 은총이었다. 제 몸이 삭아 없어져야 비로소 맛을 내는 가자미식해처럼 자식들과 엄마가 돌봐야 할 사람들을 위해서라면, 어떤 것도 달게 내놓은 엄마처럼 나도 그렇게 살고 싶다.

우산이 없을 땐 대책 없이 내리는 비가 원망스러웠지만, 이젠 세상 모든 것이 우산이 되어주는 것 같아 낱낱이 고맙다. 숨을 쉬고 있음도, 밥을 삼킬 수 있음도……

몸과 마음이 무너질 것만 같은 날, 아무 계산도 망설임도 없이 '나 밥 사줘' '같이 밥 먹자' 연락할 사람 한둘만 있어도 복된 인생이다. 만사가 괴로움으로 치닫는 날, 내 마음이 부르는 좋은 사람과 한끼 나눠 먹으며 추스를 수 있다면, 오늘이 제아무리 고달팠다 한들 결코 나쁜 인생은 아니다.

우리가 아무리 서로를 애틋하게 여겨도 각자의 인생에 내리는 비를 멎게 할 순 없을 것이다. 그러나 머리 위로 남루하지만 아름다운 우산 하나 받쳐줄 순 있다. 아픈 속 뜨끈하게 데워줄 든든한 밥 한끼 나눠 먹을 순 있다. 당신 곁에도 그런 한 사람 있기를, 당신도 누군가에게 그런 한 사람이 되어주길 바란다.

봄이 막 꽃망울을 터뜨린 자목련에게 붉은 물을 들이고 있다. 큰 솥에다 밥을 한가득 지어 봄나물 넉넉하게 무쳐 찬합에 담아 엄마 산소에 다녀와야겠다. 내 생生을 키우고 돌보고 만들어낸 사람, 엄마. 나는 내생來生에서도 과연 엄마를 만날 수 있을까.

내가 우산처럼 덮어 쓰고 살아온 수많은 사람들의 생에 힘입어 나는 다시 엄마에게로 걸어간다.

이 모든 난장과 인연 끝에 나는 비로소 엄마의 딸이 되었다고.

그러므로 엄마 딸답게 내 몫의 남은 삶도 끝까지 잘 살아내겠다고.

그러니 이다음 생에 꼭 다시 만나자고.

몇 번이고, 몇 번이고 다시 만나 '지지고 볶는 식구'로 살

작가의 말

아가자고.

　이번 생엔 먼저 떠나 잠시 부재중인 엄마에게 외치고
싶다.

2024년 봄날

이순하

차례

작가의 말_

식구食口, 서로를 먹여 살리느라 우리가
주고받은 상처와 슬픔에 대하여 4

1부

**가난한 집 딸아들은
자라서도 서로를 알아보기에**

2부

결혼,
실망을 끌어안고 계속 살아가기

3부

엄마의 딸이 되려고
몇 생을 넘어 여기에 왔어

1부

가난한 집 딸아들은
자라서도 서로를 알아보기에

어린 소녀에게 주는
단팥빵의 위로

내겐 지독한 애증의 대상이었던 아버지가 내 삶의 초반부
에 돌아가셨다. 내 마음은 가벼워졌으나 집안 형편은 급속도
로 기울었다. 엄마는 외삼촌 회사에 돈을 빌려주고, 그 이자로
생활비를 충당했다. 당시 외삼촌은 명동에 있는 B 속옷회사
의 총무부 경리과 직원이었다. 1970년대 기업을 경영해본 사
람들은 은행 대출이 하늘에서 별 따기보다 힘들다는 것을 알
것이다. 사업자금 구하기가 얼마나 힘들었으면 급전을 잘 구
해오는 경리과 직원이면 무조건 스카우트하던 시절이었다.

　　가난한 집안에서 자란데다 소심한 성격의 외삼촌은 급전
을 구할 데가 없자, 가장 만만한 사람인 누나를 찾았다. 엄마
는 아버지가 남긴 직물공장을 정리했다. 몇 푼 안 남은 돈을

첩들에게 조금씩 떼어주고, 남은 돈은 외삼촌 회사에 빌려주었다. 그러니 그 돈이 얼마나 소중했는지는 물어보나 마나다.

외삼촌은 아버지의 도움으로 D시에서 상과대학을 마치고 서울에 올라와 취직했다. 제법 일을 잘한다는 평판을 듣자, 아버지는 옆에 와서 일을 도우라고 했다. 하지만 외삼촌은 자형 옆에서는 일하지 않겠다고 거절했다. 고지식한데다 아버지의 난봉 기질을 싫어했던 외삼촌은 아버지의 여자들과 마주치는 것을 껄끄러워했던 것 같다.

영어를 잘한 외삼촌은 카투사에서 통역병으로 복무했다. 그 당시만 해도 한국 군대는 배를 곯게 하는데다 구타도 있었다. 외삼촌이 카투사로 배정되자, 대학물을 먹어 편한 군대에 가게 된 거라고 다들 부러워했다. 외삼촌이 휴가를 나올 때마다 등에 메고 온 백은 산타클로스의 선물 자루처럼 엄청나게 부피가 컸다. 그 안에는 처음 보는 미제 물건들로 가득차 있었다. 이모들은 광장시장 근처 미제 물건을 거래하는 곳에 선물을 팔아 제법 짭짤하게 돈을 챙겼다. 외삼촌은 씨레이션 C-ration(미군 전투식량) 박스와 치즈를 할머니에게 내밀면서 먹는 거라는 말만 하고는 외출했다. 할머니는 그냥 흘려들으셨던 것 같다.

1부 가난한 집 딸아들은
자라서도 서로를 알아보기에

초여름이 시작되었다. 그동안 덮었던 이불 홑청을 빨러 우이천으로 원족遠足(소풍)을 갔다. 그때 할머니가 떠올렸던 것은 외삼촌이 가져다준 물건이었다. 노르스름한 빛깔에 크기도 큰 것이 빨랫비누라고 생각했다. 당시 우이천에는 옥수 같은 맑은 물이 흘렀다. 빨래를 빨아 볕 좋은 너럭바위에 널어놓으면 불어오는 바람에 빨래가 잘도 말랐다. 솥을 가져가 밥도 해먹고 아이들은 물장난을 치고 소꿉놀이도 했다. 어른들은 빨래하고 수다떨며, 일을 핑계삼아 노는 날이었다.

그런데 아무리 비누를 문질러도 거품이 나지 않았다. 방망이로 두드렸지만 때가 빠지기는커녕 이상하게도 끈적거렸다. 이상하다고 생각한 할머니는 덩어리를 잘라 잿물에 넣었다. 빨래가 삶아지면서 치즈가 녹아 냄새가 났다. 그제서야 그 노란 덩어리가 비누가 아니라는 걸 알게 되었다. 살림 솜씨라면 어디다 내놔도 빠지지 않는 할머니의 얼굴에 낭패의 표정이 스쳤다. 당황한 할머니의 표정이 새로 창호지를 바른 문짝에 찍힌 풀비 자국처럼 뇌리에 남아 있다.

모처럼의 기분좋은 원족에 이불 홑청은 누렇게 변색되어버렸다. 할머니 얼굴은 노란색 치즈 빛깔로 변해 집으로 돌아왔다. 할머니에게 첫 외래 문물의 입문은 사분(비누)이었다. 그러니 외삼촌이 갖다준 치즈를 먹어본 적도 구경해본 적도 없는 할머니가 치즈를 사분으로 생각한 것은 당연했다. 알에서 막 깨어난 오리처럼 처음 본 대상을 첫 기억으로 인식하려는 각인 효과가 할머니에게 적용된 것이다. 그 일 이후 외삼촌과 가족들은 어처구니없는 실수를 한 할머니를 두고두고 놀렸다.

당시는 영어를 모르는 사람들이 대다수였다. 미제 물건이 귀했던 시절이어서 그런 실수는 비일비재했다. 대표적인 것이 허쉬 초콜릿이었다. 초콜릿을 먹고는 칫솔질을 반드시 해야 했다. 그러나 무지했던 탓으로 초콜릿을 먹고서도 칫솔질에 소홀했다. 충치의 위험을 누가 알려주는 사람도 없었다. 초콜릿이 입안에 녹으면서 느껴지는 달콤함이란 천상의 맛이었다. 달콤함의 유혹은 치아가 썩어가는 것을 모를 정도로 강렬했다. 덕분에 치통을 앓을 때마다 혀가 델 정도로 뜨겁게 구운 마늘을 물고 있어야 했다.

또 미제 껌의 맛과 향은 얼마나 좋았던지 단물이 다 빠질 때까지 씹어도 여전히 껌의 탄력은 놀라웠다. 벽에 붙여놓고 다음날 떼어서 또 씹었다.

아버지가 돌아가시면서 외가 식구들도 나가고 우리 식구끼리만 살게 되자, 엄마가 우리에게 한 말은 "늬들 밥은 안 굶길 끼다"였다. 가장 큰 변화를 체감한 것은 불안불안했던 집이 평화로워졌다는 것이다. 조잘거리는 소리를 금했던 정숙한 태도를 더이상 지킬 필요가 없었다. 철딱서니 없는 우리들은 아버지가 죽어서 이런 일도 있는 거라고 좋아했다. 그때나 지금이나 여자 혼자서 네 명이나 되는 자식을 키운다는 것은 어려운 일이다. 엄마는 방 두 칸만 빼고는 다 세를 주었다. 한집에 세 가구가 살았다. 아침이면 화장실을 쓰는 일이 가장 큰 난제였다. 엄마는 동도 트기 전부터 화장실에 가라고 깨웠다. 마렵지도 않은 배변 행위였지만 그것도 습관을 들이니 점차 가능해졌다.

엄마는 조신한 언니와는 집안일을 상의했고 덩치가 큰 내게는 바깥일을 주로 시켰다. 그래서 하게 된 일이 매월 25일이면 명동에 있는 외삼촌 회사에 가서 이자를 받아오는 것이었다. 매월 나가는 돈인데 결재가 뭐 그리 어려울까. 갈 때마다 결재가 늦어 그러니 기다리라는 말을 들어야 했다. 결재가 날 때까지 어디서 얼마만큼 기다리라는 말도 없었다. 외삼촌은 그냥 "기다리라"는 말만 던져놓고 무정하게도 건물로 올라가 버렸다.

내가 외삼촌을 기다리며 서 있던 곳은 명동 한복판에 있는 B 속옷회사 사옥 맞은편의 한일은행 명동지점 쪽이었다. 한일은행과 그 옆 건물 사이엔 아주 좁은 골목이 있었다. 골목이라고 할 수 없을 정도로 협소했는데, 거기엔 달러를 교환하는 아주머니들이 모여 있었다. 작은 의자 하나가 사무실이자 계산대였다. 비가 오나 눈이 오나 그 작은 의자에서 고객을 기다렸다.

웬 여학생이 몇 시간 동안 무거운 가방을 들고 서 있으니 딱해 보였던지 가방을 내려놓으라고 했다. 의자 밑엔 바퀴가 달린 작은 연탄 화덕이 있었다. 화덕은 보온용인 동시에 물을 덥히거나 가래떡을 굽는 용도로도 썼다. 아주머니들은 내게 간혹 화덕에서 구워낸 먹을 것을 주셨다. 처음엔 거절했으나 얼굴이 익자 떡도 얻어먹었고, 때로는 의자에 앉아 있다가 따뜻한 온기에 그만 꾸벅거리며 졸기도 했다. 비가 오는 날엔 임시로 친 비닐 안으로 들어오게 하여, 들이치는 비도 피하게 해주었다.

학교를 마치고 명동에 도착하면 보통 오후 4시쯤 되었다. 중앙극장 앞에서 내려 명동성당을 지나 걸어가면 배에서는 꼬르륵 창자가 요동치는 소리가 났다. 노점상에서 파는 음식들을 다 입속으로 가져가고 싶었다. 하지만 외삼촌이 언제 부를지 몰라 회사 근처를 벗어날 수는 없었다. 그 부근에서 시간을 보내야 했다. 어린 나에게 명동은 휘황찬란한 곳이었다. 통기타로 공연을 하는 세시봉도 있었고, 앙드레 김 의상실과 송

옥양장점을 비롯하여 구두 싸롱과 미장원 등이 즐비한 패션의 거리이기도 했다.

명동예술극장을 지나 을지로입구에는 외환은행 명동지점이 있었다. 그 맞은편엔 단팥빵을 맛있게 만드는 풍국제과점이 있었다. 빵집의 진열장에는 갓 구운 단팥빵이 반질반질한 기름칠을 한 채 진열되어 있었다. 겉은 번드르르하고 속의 팥소는 달콤하다는 그 신비로운 빵은 보는 것만으로도 식욕을 자극했다. 얼마나 먹고 싶었던지 영혼을 팔아서라도 단팥빵을 사 먹고 싶었다. 단팥빵을 베어 물면서 이야기를 나누는 선남선녀를 보며 외삼촌이 단팥빵을 사준다면 얼마나 좋을까 생각했다.

갑자기, 비가 내렸다. 우산도 없는데 비가 내리고 어두워지니 배는 더 고팠고 으슬으슬 추웠다. 만약 오늘이 오롯이 다 내 것이라면, 내일 최악의 날이 오더라도 참아낼 것 같았다. 단팥빵을 먹을 수만 있다면 기도와 간구로 하늘에 부탁하고 싶었다.

"주님, 빵집 유리창이 저절로 부서지게 하소서."

장발장이 빵을 훔칠 수밖에 없었던 이유가 이해되었다. 입이 먼저였지, 말씀은 그다음의 일이었다.

네온사인이 반짝거리며 하나둘씩 간판이 켜졌다. 그러나 외삼촌은 아직도 건물에서 내려오지 않았다. 노점에서 켜는 카바이드램프에서는 오렌지색 불빛이 반짝거렸다. 데이트족들로 거리는 북적거렸지만 기다리는 사람의 시간은 더디게 갔다. 명동은 넓어도 딱히 갈 곳 없는 사람에게는 한 뼘의 땅도 허락하지 않을 정도로 야멸찼다.

한참 동안 맞은 비로 교복 속까지 스며든 습기는 이제 이까지 딱딱 부딪칠 정도로 오한이 들게 했다. 어서 외삼촌이 봉투를 들고 내려오기만을 기다렸다. 물통에 빠진 생쥐 꼴로 명동 한복판을 헤집고 돌아다니는 나를 본 달러 아줌마들이 불렀다. 골목 안으로 들어와 비를 피하라고 했다. 그러나 달러를 바꾸러 오는 고객들을 위해선 자리를 피해줘야 한다는 눈치 정도는 있었다. 그 당시, 달러는 몹시 가치 있는 재화였다. 달러를 바꾸러 오는 고객들은 거의 배운 식자층이었다. 대부분 얼굴을 가린 채, 거래는 은밀하고도 좁고 어두운 달러 골목에서 이뤄졌다.

매달 그 자리에 서 있자 아줌마들은 물었다. 나는 외삼촌에게 이잣돈을 받으러 온다고 말했다. 손님이 없으면 종일 뜨개질을 해서 별명이 '뜨개실'로 불리는 아줌마가 기억난다. 그녀는 봉투를 받은 나를 협소한 골목 안으로 밀어넣었다. 그리고 내 속바지 안에다 봉투를 넣고는 핀침으로 꽂아주었다. "이렇게 해야 쓰리꾼(소매치기)에게 안 뺏긴다"며 맵게 단도리를 해주셨다.

"단단히 갖고 가라. 이거 잃어버리면 늬 식구 한 달 굶는다."

그때 방송과 신문에서는 들려주고 싶은 말만 보도했다. 군인들이 가짜 애국주의로 무장해 숨조차 자유롭게 쉬지 못하던 세월이었다. 민주주의를 외치다 끌려간 사람들이 부지기수였다. 그래도 사람 안에 사람이 넘실댔다. 지금만큼은 살지 못했지만 인심이 살아 있었다. 한창 먹을 나이에 배가 고파서 쓰러지지 않았던 것도 달러 아줌마가 나눠준 떡이 요기가 되었기 때문이었다. 가난했지만 콩 한 쪽이라도 나눠 먹었고, 마음 한 자락을 스스럼없이 남에게 베풀던 시절이었다.

중학생인 어린 딸이 밤 9시가 다 되어가도 돌아오지 않자, 엄마는 골목을 왔다갔다하며 초조히 기다렸다. 나를 본 엄마는 봉투의 무사귀환을 더 반가워했다. 가방을 내려놓기가 무섭게 속바지 속에 감춘 봉투를 꺼내 엄마에게 내밀었다. 엄마는 어린것이 신통방통하게도 이런 생각을 했냐며 기특하다고 칭찬했다. 나는 뜨개실 아줌마가 해주었다는 말을 하지 않았다.

엄마가 차려준 밥상은 종일 떨고 온 몸을 덥혀주었지만, 마음까지 위로해주진 못했다. 이미 단팥빵에 뭉그러진 마음으로 속이 뒤틀어져 있었다. 그렇다 해도 외삼촌의 쪼잔함에 대해 말할 순 없었다. 언니한테 서운한 마음을 털어놓았다. 언니는 "넌 무슨 식탐이 그리도 많니? 외삼촌이 아니면 우리가 어떻게 먹고살 건데?"라고 퉁명하게 쏘아댔다.

하늘 같았던 아버지가 땅에 묻히자, 세상인심은 추위에 조막손이 되듯 오그라들었다. 아버지가 살아 계실 적엔 우리집이 엄마의 친정 식구들로 득시글댔다. 마음 한편에선 아버지 살아 계실 적에 베푼 것이 있으니 어느 정도는 보답이 있으리라는 기대가 있었다. 그러나 세상인심은 그렇지 않았다. 고향이 이북인 아버지가 이남 땅에 와서 한 일이 있다면 당신을 따른 여인들을 사랑한 일과 엄마의 친정을 아낌없이 도와준 것이었다. 당신의 바짓가랑이엔 흙탕물이 튀었어도 그들의 요구는 다 들어주었다. 엄마는 "일찍 가려고 부질없게도 그 많은 돈을 뿌렸나보다" 하며 깊은 한숨을 내쉬었다.

외삼촌은 새끼손가락도 콧구멍에 들어가지 않을 정도로 속 좁고 깐깐한 사람이었다. 고단한 하루가 끝났음을 알려주듯 직원들은 삼삼오오 무리를 지어 건물 밖으로 사라졌다. 노동을 마친 해는 빠른 속도로 하강했다. 식사시간이 지난 지가 한참 되었음에도 외삼촌은 밥 먹었냐는 말은커녕 몹시도 피곤한 표정으로 누런 봉투를 내밀었다. 봉투를 주자마자 외삼촌은 비 맞기가 싫었던지 내려온 계단 반대편으로 사라졌다. 그렇게 사라지는 외삼촌이 미웠다. 단팥빵을 사주지 않은 것도 미웠지만, 잘 가라는 말 한마디도 없이 가버린 외삼촌의 태도가 더 괘씸했다.

고단하고 외로울 때 함부로 하는 사람에겐 마음이 닫히는 법이다. 버스를 타고 오는 내내 섭섭함과 오한으로 몸이 떨렸다. 아버지의 은혜를 그리 받았음에도, 아버지의 딸인 나를 그리 대하는 몰인정한 외삼촌을 다시 쳐다볼 자신이 없었다.

단팥빵을 먹고 싶은 마음이 컸던지 꿈속에서 앙꼬가 가득 든 단팥빵에 따뜻한 우유를 마시는 꿈을 꾸었다. 그러고는 감기에 걸려 며칠을 앓았다. 꽃은 밤에 불쑥 자란다고, 심하게 앓고 나자 키도 마음도 많이 자랐다. 분수에 넘치는 욕심을 부린 게 아니었다. 금방 구운 단팥빵에 따뜻한 우유 한 잔만 사줬어도 그 심부름에 만족했을 것이다. 마음을 다친 나는 그 심부름을 하지 않겠다고 고집을 부렸다. 엄마는 내가 그냥 하는 소리겠거니 하며 무관심하게 지나쳤다. 그러나 다음달은 여지없이 왔고, 나는 이자를 받으러 가는 날 그냥 집으로 돌아왔다. 그날, 8·3 사채동결조치가 발표되었다.

모든 사채가 동결되자 난리가 났다. 수입이 없어지자 당

허기진 어린 소녀에게 주는 단팥빵

고단하고 외로울 때 함부로 하는 사람에게건 마음이
닫히는 법이다. 단팥빵을 먹고 싶은 마음이 컸던지
꿈속에서 앙꼬가 가득 든 단팥빵에 따뜻한 우유를
마시는 꿈을 꾸었다. 그러고는 감기에 걸려
며칠을 앓았다. 꽃은 밤에 불쑥 자란다고,
심하게 앓고 나자 키도 마음도 많이 자랐다.

장 생활비부터 걱정이었다. 나는 잔뜩 주눅든 얼굴로 죄인처럼 숨죽인 채 눈치를 보며 지냈다. 얼마 가지 않아 사채시장 방지법이 발표되었다는 것을 알게 되었다. 그러나 집안의 무거운 분위기상 항변할 수가 없었다. 그래도 죽으란 법은 없다고 외삼촌은 엄마의 돈부터 가장 먼저 해결해주었다. 고지식한 외삼촌은 경리과 직원답게 꼼꼼한데다 입이 무거워 윗사람들의 눈에 들었다. 승승장구하여 그 회사의 높은 자리까지 올라갔다. 그래도 여전히 콧구멍은 좁았다. 지독한 자린고비였다.

집이 어려울 때마다 져야 하는 책임감에 울컥 가슴을 치밀고 올라오는 분노가 있었다. 때때로 눈물로 흐르기도 했고 욕으로 나오기도 했다. 씻고 헹구고 웃어도 사라지지 않았다. 아픈 상처는 딱지가 앉았다가도 다시 도졌다. 어딘지를 알 수 없이 몸이 아팠다. 병원에 가도 병명이 나오질 않았다. 순천順天의 엄격한 순리를 어기려 했던 게 화근이었다. 힘들어도 힘들다 하지 않았고, 감정은 힘이 드는데 몸을 계속 움직이다보니 시퍼런 청춘의 나이였음에도 우울증이 찾아왔다.

밤이 가져간 달빛은 빈혈기가 있는 미색의 가시광선으로 자기 색깔을 드러낸다. 내가 그랬다. 되돌아보면 아쉬움이 많은 세월이었다. 세모처럼 각지고 앙칼진 시간으로 살아온 날들이 더 많았다. 아니라고 부정하고 싶지만 내가 살아온 시간이 나의 삶이었다. 때로 부딪히고 흔들렸으며 저절로 마모되었다. 그러다보니 모서리가 갈려서 씨앗처럼 둥글게 되었다. 둥글어야 싹을 피울 수 있다는 걸 씨앗도 처음부터 알진 못했을 것이다.

젊었을 적 소원은 원도 끝도 없이 돈을 많이 벌어 엄마를 호강시켜드리는 것이었다. 돈을 버느라 너무 바빠 엄마가 돌아가신 후에야 엄마가 바란 호강은 자식들과 함께하는 것이었음을 알게 되었다. 천년만년 살 줄만 알았던 엄마도 세월을 이길 순 없었다. 아버지가 돌아가시고 여생을 철저히 붉은 벽돌처럼 반듯하고도 완고하게 자식만을 위해 살다 가셨다.

엄마를 보내고 나서는 눈치 따윈 절대 보지 않고 살리라 결심했다. 단팥빵을 한입 베어 물면 달콤한 팥앙금 맛이 혀끝에 퍼지듯 그렇게 살겠다고 마음먹었다. 그러나 산다는 것은 몸부림을 친다고 내 뜻대로 되진 않았다. "순천자順天者는 흥興하고 역천자逆天者는 망亡한다"는 『명심보감』의 말대로 순응하면 순응한 만큼 받아들여졌다. 자연의 조화를 거스르면 역천의 대가를 치른다는 이치는 진리였다. 오래된 감기는 약을 아무리 지어 먹어도 낫지 않았다. 아플 만큼 아파야 나았다. 병도 몸을 위하는 기색이 보여야 물러갔다. 겨울의 추위가 없었다면 봄의 고마움을 모르듯 말이다.

이젠 건강을 생각하면서 음식 조절을 하고 살아야 하는 나이가 되었다. 그럼에도 아직도 식탐을 버리지 못하는 간식거리가 있다면 단팥빵이다. 명동 거리 한 모퉁이 건물에서 외삼촌이 이제나저제나 내려와주기를 하염없이 기다리는 소녀의 모습은 아직도 아련한 기억으로 남아 있다. 어린 시절, 행복에 대한 갈망을 왜 제과점에서 단팥빵 먹는 모습으로 설정했는지 그 이유를 모르겠다. 아마도 성냥팔이 소녀가 부잣집 유리창문을 통해 크리스마스트리 아래 앉아 있는 사람들의 행복을 상상했듯, 그런 마음이 아니었을까?

이잣돈을 받으러 명동에 갔던 그날, 비를 맞고 한기에 떨고 있던 그 소녀에게 빨간 우산을 선물해주고 싶다. 소녀를 그 빵집으로 데리고 가, 따뜻한 우유에다 팥소가 가득 든 달콤한 단팥빵을 사주고 싶다. 그러고는 소녀를 꼭 안아주면서 말해주고 싶다.

"괜찮아. 다 괜찮을 거야."

내면에서 주눅이 든 채 웅크려 있는 나를 불러내 다독거려주고 싶다.

도둑천사 귀주 이모의
순애보와 탕수육

19세기 말 인천 개항 이후, 산둥성 출신의 화교들이 차이나타운을 만들었다. 그들은 청요릿집을 열어 탕수육과 짜장면을 팔았다. 이 음식들이 일제강점기를 거쳐 퍼졌다.

탕수육은 1930년대 채만식의 소설 『태평천하』에도 나올 정도로 유명했다. 구두쇠 영감인 윤직원은 애첩 춘심이를 데리고 중국집에 가서 우동을 먹는다. 춘심이는 탕수육을 먹고 싶다고 칭얼댄다. 윤직원은 "비싼 탕수육 타령을 한다"며 짜증을 낸다. 이를 봐도 탕수육이 당시엔 비싼 중화요리였음을 알 수 있다. 1960년대 이후 서민들도 중국집을 자주 이용하게 되었다. 그렇다 해도 서민들에게 탕수육은 특별한 날에나 먹는 고급요리였다.

1부 가난한 집 딸아들은
자라서도 서로를 알아보기에

1990년대 이전의 중국집에서는 '덴뿌라'를 팔았다. 소스 없는 탕수육으로 고기튀김만 있다. 메뉴판에는 '덴뿌라' 혹은 '고기튀김'으로 적혀 있었다. 푹신하고 바삭한 튀김을 그냥 소금이나 간장에만 찍어서 안주로 먹었다. 이런 식습관이 남아서일까. 진간장, 식초, 고춧가루를 섞은 장에다 탕수육을 한번 더 찍어 먹어야 간이 맞는 것 같다.

귀주 이모는 엄마의 바로 아래 동생이다. 엄마와는 한 살밖에 나이 차이가 안 난다. 일제강점기 대구 명치정에서 한의원을 하는 외할아버지 곽주부의 막내딸로 태어났다. 이모는 '명치정 미인'이라 불릴 정도로 예쁘고 똑똑했다고 한다. 그런데 어릴 때 홍역을 심하게 앓고 나서부터 어눌해졌다니 참으로 안타까운 일이다.

엄마와 결혼한 아버지는 귀주 이모의 장애를 가엽게 여겼다. 용하다는 침술원에도 보냈고, 대구 파티마 병원에 서양인 의사가 부임하자 치료를 받게 했다. 조금씩 차도를 보이자, 아버지는 귀주 이모를 사무실에 나오게 하여 간단한 심부름을 시켰다. 그림에 소질을 보이자 유화를 배우게 해주었다. 아버지 사무실은 서문시장 근처에 있었다. 서문시장 인근의 시민극장에 들러 영화를 보는 것이 이모의 유일한 취미였다. 그러

아주 가끔 특별한 날을 맞는
서민들을 위한 탕수육

서민들에게 탕수육은 특별한 날에나 먹는
고급요리였다. 1990년대 이전의 중국집에서는
'덴뿌라'를 팔았다. 푹신하고 바삭한 튀김을
그냥 소금이나 간장에만 찍어서 안주로 먹었다.
이런 식습관이 남아서일까. 진간장, 식초, 고춧가루를
섞은 장에다 탕수육을 한번 더 찍어 먹어야
간이 맞는 것 같다.

다 그만, 영화관 간판장이 장씨와 눈이 맞았다. 이모의 데이트 장소는 간판을 그리는 극장 안 창고였다. 시민극장의 간판은 간판장이 장씨가 그린 것보단 이모가 그린 게 더 많았다. 그러니 이모의 그림 실력은 꽤나 출중했던 것 같다.

꾀 많은 이모는 애를 본다는 핑계로 나를 데리고 출근했다. 내가 칭얼거리면 아버지는 빨리 집에 들어가라고 했다. 이모는 나를 오버코트 속에 감춰서 영화관에 갔고, 영사실의 긴 의자에 앉혀 영화를 보여주었다. 이모는 거기서 장씨와 데이트를 했다. 간판장이 장씨의 간판 제작실에선 늘 신나 냄새가 났다. 갖가지 색깔의 페인트통엔 항상 붓이 담겨 있었다. 붓에는 페인트와 먼지가 찰싹 달라붙어 있어 떨어지질 않았다. 먼지를 털어내려고 해도 잘 털어지지 않았는데, 그 모습이 꼭 이모와 장씨 같았다. 나는 영사실에서 영화를 보며 이모가 집에 가자고 할 때까지 〈시네마 천국〉의 토토처럼 혼자 놀았다. 어린아이 때부터 수많은 영화를 보아서 활동사진 속 이야기들은 내 머릿속에서 쉴새없이 살아 움직였다. 이모도 영화가 세상의 전부인 듯 푹 빠져 있었다.

이모가 사랑에 빠진 걸 식구들은 아무도 몰랐다. 이모는 하루가 다르게 예뻐졌고 모양도 제법 부렸다. 아버지와 같이 이남으로 내려온 고향 후배 홍씨는 이모의 미모에 반했는지 이모 주변을 맴돌았다. 홍씨가 이모에게 마음이 있다는 걸 가장 먼저 눈치챈 사람은 아버지였다. 아버지는 사람 좋은 홍씨에게 이모를 시집보내는 것이 어떠냐고 외삼촌들에게 물었다. 외삼촌들은 나이가 좀 있긴 하지만 홍씨가 서문시장 안에 포목점을 서너 개나 갖고 있다는 것에 만족해 찬성했다.

이모가 맞선을 보기로 한 날, 엄마는 이모를 단골 미장원에 데리고 갔다. 고데를 하는 동안 잠깐 볼일을 보고 오니 이모가 사라졌다. 온 식구가 다 동원되어 이모를 찾았지만 귀주이모의 흔적은 어디에도 없었다. 집에는 귀주 이모가 결혼하면 주려고 마련해둔 혼수가 사라지고 없었다. 이모는 작정하고 집을 나간 것이었다.

'새침데기 골로 빠진다'는 말처럼 이모는 아버지와 엄마에게 크게 한 방을 먹인 것이었다. '반편'으로 보였던 이모는 절대 모자란 사람이 아니었다. 아버지를 돕느라 사무실 심부름을 하러 다니는 줄 알았는데 간판장이 장씨와 눈이 맞아 혼수까지 챙겨 도망친 것이었다. 이모가 도망치자, 기가 막힌 아버지는 이모가 그렸다는 시민극장 간판을 쳐다보며 탄식했다.

"요즈메 으째 패럽다('이상하다'의 방언) 했더니 간판장이랑 눈이 맞았구마. 에잇, 숭실맞은 간나히……"

도망친 지 6개월 만에 이모는 맹꽁이처럼 배가 부른 채 거지꼴이 되어 돌아왔다. 할머니는 이모를 보자마자 머리를 쥐어뜯었다. 이모의 머리카락은 금방 수세미처럼 헝클어졌다. 장씨는 할머니를 막아서며 이모의 헝클어진 머리를 쓸어내려주었다. 아버지는 장씨를 꿇어앉혀놓고 앞으로 어찌할 거냐고 종주먹을 들이댔다. 장씨는 6개월간의 고생이 영화 자막처럼 지나가는지 선뜻 대답을 못 했다.

"선보러 나갈라꼬 미장원에서 고데하는 처녀를 델고 도망가 배를 남산만하게 만들어놓구, 니가 무신 낯짝으로 말을 하겠노? 망신스러버서 내는 서문시장에 얼굴 처들고는 못 다니데이."

할머닌 입에 거품을 물었다. 아버지는 배가 더 불러오기 전에 식부터 치르자고 했다. 이모는 하얀 한복에 흰 면사포를 쓰고 성당에서 결혼식을 올렸다. 이모는 마리아, 장서방은 요셉으로 다시 태어났다. 부모형제 없이 자란 장씨는 아버지가 형님이자 부모였다. "기구한 년의 팔자는 어쩔 수 없다"며 혼인미사가 치러지는 내내 할머니는 이모를 쳐다보며 우셨다. 그리고 아버지 손을 붙잡으며 말했다.

"이서방, 문디 같은 년까지 자네한테 폐를 끼치게 하네. 참말로 미안테이……"

이모는 마리아라는 세례명답게 자신이 택한 길을 불평하지 않고 순종의 길을 걸었다. 이모는 엄마의 구박을 잘 참아냈다. 이모는 우리집 문간방에 살림을 틀었다. 정식으로 이모부가 된 장서방은 아버지의 직물공장에 출근했다. 비가 오나 눈이 오나 이모와 할머니는 공장 식구들의 밥을 지었다. 이모의 배는 점점 불러와 배가 가슴에 닿을 정도로 부풀었다. 그래도 이모는 해맑은 웃음을 잃지 않고 항상 새 밥을 지어 공장 식구들에게 따뜻한 밥을 먹였다. 장서방은 새 밥과 뜨거운 국을 먹을 때마다 땀을 비 오듯 흘렸다. 할머니는 그런 장서방을 보며 "뜨신 밥을 먹으니 몸이 황송해서 땀을 흘리냐"며 혀를 끌끌 찼다.

베들레헴에 도착하자마자 갑자기 산통이 온 마리아는 마구간에서 예수님을 낳았다. 이모도 부엌에서 일하던 중에 산통이 왔다. 엄마는 큰 솥에 물을 끓였고 할머니는 산파 노릇을 하여 아기를 받았다. 이모의 고통스러운 신음 소리는 담 밖까지 들렸다. 저녁까지 진통이 계속되었지만 아기가 나올 조짐이 안 보였다. 장서방이 불려왔다. 신기하게도 이모의 손에 장서방이 깍지를 끼고는 같이 힘을 주자 아기가 나왔다. 아들이었다.

아들이 태어나자 장서방은 더 열심히 일했다. 이모의 남편이 될 뻔했던 서문시장 홍씨의 점방은 날로 번창해 점점 더 부자가 되었다. 포목점에 옷감을 갖다줄 일이 있을 때마다, 홍씨는 장서방을 불러 까탈스럽게 굴었다. 장서방은 말없이 일했지만 줄담배를 피워댔다.

홍씨 점방에 갔다 온 날엔 장서방은 집에 들어와서도 아기를 보러 가지 않았다. 연못가에 한참 동안 앉아 있었다. 옷에 밴 담배 냄새가 날아갈 때까지 기다리느라 그랬는지, 아니면 분을 삼키느라 그랬는지 돌부처처럼 움직임이 없었다. 웅얼거리는 소리로 보아 기도를 하는 것 같았다. 그 소리는 연못속의 잉어에게 말을 거는 소리 같기도 했고, 방에서 새근새근 자고 있는 아기의 등을 토닥여주는 자장가 같기도 했다. 장서방의 모습은 매우 위태위태해 보였다.

착한 사람의 삶을 주님께서 끝까지 보살펴주셨으면 얼마나 좋았을까? 그러나 인생은 대체로 그렇지가 않다. 장서방이 이모 옆에서 버텼던 유통기한은 딱 5년으로 끝장이 났다. 장서방은 수금해온 거금을 들고 튀었다. 이모는 겨우 스물일곱 살의 아기 엄마였다. 공장 직원들은 장서방을 횡령 혐의로 고소하자고 흥분했다. 그러나 이모가 닭똥 같은 눈물을 흘리며 읍소하자, 아버지는 마음을 접었다.

이모는 장서방의 거금 횡령사건 이후, 더 구박데기 인생을 살게 되었다. 할머니와 엄마에게 눈 흘김과 온갖 수모를 당했다. "시키는 대로 홍씨에게 시집을 갔으면 이런 일은 없었을 것"이라는 말은 기본이었다. "민대('얼굴'의 경상도 사투리)만 보고 불한당 같은 놈을 만나 살면 이 꼬라지가 될 걸 몰랐냐"며 속을 뒤집는 말을 하루에도 몇 번씩 들어야 했다. 이모가 버틸 수 있는 유일한 방법이 있다면 귀와 입을 닫는 것이었다.

이모부의 횡령사건은 아버지의 사업에 타격을 주었다. 아버지의 직물공장은 힘들어졌다. 공장 규모를 축소한 아버지는 사업체를 서울 수유리로 옮겼다. 대구에 남을 사람들은 남았고, 따라올 사람들은 서울행을 택했다. 서울에 온 아버진 (다음 장에 에피소드를 풀) 띵까 영감님께 도움을 청했다. 띵까 영감의 도움으로 공장은 조금씩 안정되어갔다.

그날은 달이 유난히 밝은 보름날이었다. 보름날엔 연못의 잉어들이 점프를 하며 튀어올랐다. 나는 잉어가 달을 보러 물위로 올라온다고 생각했다. 연못 옆에는 오래된 소나무가 있었는데 소나무 옆엔 달 모양으로 생긴 달등이 있었다. 그때만 해도 전기가 흔하던 시절이 아니어서 정원에 등을 켠다는 것은 좀 산다는 집에서나 가능한 일이었다. 보름달이 뜬데다 달등까지 켜 있어 연못 주변이 훤했다.

1부 가난한 집 딸아들은
자라서도 서로를 알아보기에

그때 이모가 연못 뒤쪽에 있는 담벼락 밖으로 무거운 물건을 던졌다. 쿵 하는 소리가 제법 크게 들렸다. 무슨 이유에서였는지 나는 이모를 부르지 않았다. 이모는 서너 차례나 물건을 담벼락 너머로 던진 후에야 좌우를 살피더니 방으로 들어갔다. 이모는 매월 보름날이면 장서방과 연락을 취해 옷감을 필떼기(한 번도 손대지 않은 옷감을 통째로 세는 단위)로 빼냈다.

대구에서 여러 번 화재를 겪은지라, 아버지는 서울에 와서도 집 뒤쪽에 창고를 지어 공장에서 생산된 포목과 자재를 보관했다. 열쇠는 아버지가 보관했고, 물건이 한꺼번에 나갈 때는 외삼촌이 열쇠를 가지고 있었다. 이모가 그 열쇠를 어떻게 복사했는지 참으로 기상천외했다.

꼬리가 길면 들킨다고 장부를 정리하던 중에 재고가 빈다는 걸 알아챈 아버지는 창고 열쇠를 바꿨다. 그랬음에도 '인쥐'는 없어지지 않았다. 인쥐라는 말이 나올 때마다 엄마는 자존심이 상해 아버지와 다퉜다.

인쥐 사건의 전말이 밝혀지게 된 사달은 나에게서 시작되었다. 일력에서 보름달 표시를 보았다. 그때 나는 한창 아서 코넌 도일의 탐정소설에 나오는 '셜록 홈스'와 모리스 르블

랑의 추리소설 속 '괴도 뤼팽'에 빠져 있었다. 인쥐는 엄마가 아니라 이모라는 것을 아버지에게 말해주고 싶었다. 호시탐탐 이모를 주시했다. 아니나다를까. 이모의 태도에서 수상한 점이 느껴졌다. 연못 부근의 담에 보이지 않던 벽돌 몇 개가 놓여 있었다.

그날은 아버지가 집에 오지 않았다. 대충 눈치로 때려잡으니 삼양동 부근에 있는 그 여자의 집에 가면 아버지가 있을 것 같았다. '상하 엄마'라 부르는 첩인데, 다른 첩들은 '~댁'이라 부르는데 그 여자만은 '상하 엄마'라 불렀다. 가끔 아버지를 부르러 그 집에 가면 아버지를 기다리는 동안 여자는 빵 사이에 달걀을 부쳐 넣은 토스트를 만들어주었다. 그 여자는 싫었지만 여자가 만들어주는 토스트는 맛있었다. 그게 먹고 싶어 은근히 심부름을 기다린 적도 있었다.

저녁 무렵 '상하 엄마'의 집에 도착했다. 대문을 밀고 들어서자 상하와 아버지, 그리고 여자의 그림자가 다정하게 일렁였다. 아버지는 상하를 무릎에 앉히고는 낮은 소리로 노래를 부르며 어르고 있었다. 아버지에게도 이런 모습이 존재한다는 것을 그날 처음 알았다. 이상하게도 아버지가 상하를 안고 있는 모습이 낯설고 서러웠다. 아버지에게 쌓인 것은 미움이 아니라 설움이었다. 그냥 울었다. 엉엉 울었다. 이런 변화를

1부 가난한 집 딸아들은
자라서도 서로를 알아보기에

마음이 알았는지 눈물이 그치지 않고 쏟아졌다. 아버지는 우리들과 엄마보다 상하와 상하 엄마를 더 좋아한다는 사실이 서러웠다. 그 저녁에 내가 본 그 가족의 다정한 모습은 뇌리에 박혀 지워지지 않았다.

울음소리에 상하 엄마가 문을 열고 나왔다. 아버지도 따라 나왔다. 집에 무슨 일이 있다고 생각한 아버지는 옷을 입더니 앞장섰다. 삼양동에서는 고개를 넘어야만 수유리가 나타난다. 보름달의 환한 빛은 드문드문 보이는 묘지에도 비쳤다. 묘지에 비치는 달빛은 여전히 환했지만 애잔했다. 아버지는 무정하게도 앞장을 선 채 걸어가기만 했다. 무슨 일이길래 거기까지 왔느냐고 한마디라도 물어봤다면, 인쥐는 엄마가 아니라 이모라고 말했을 것이다. 그러나 아버진 아무것도 묻지 않았다.

9월 중순이었지만 밤 기온은 제법 서늘했다. 한기 때문인지 서운한 마음 때문인지 걸음이 자꾸 뒤처졌다. 무덤을 보자 무서움이 밀려왔다. 뒤처지면 안 된다고 마음을 다잡았다. 조금씩 걸음에 속도가 붙었다. 걸음이 빨라질수록 비빔밥 대접만했던 달은 함지박만하게 커져 높이 떠올랐다. 적막한 산길엔 부녀의 발소리와 아버지의 넓은 보폭을 쫓아가느라 가쁜 내 숨소리만 들렸다. 드디어 수유리에 도착했다.

아버지와 내가 담 모퉁이를 막 도는 순간, 담 아래로 떨어뜨려놓은 포목 더미들을 손수레에 싣는 장서방과 눈이 마주쳤다. 아버지는 장서방의 멱살을 잡아 집으로 끌고 들어왔다. 이모는 담 밖으로 포목을 던지려다 아버지를 보고는 아연실색했다. 나는 파수꾼처럼 이모가 지난달에도, 지지난 보름날에도 담벼락에서 물건을 던졌다고 아버지에게 일러바쳤다. 마치 히틀러에게 충성을 다짐하는 유소년 부대 유겐트처럼 말이다. 아버지는 다급하게 외할머니를 불렀다.

"오마니, 저 간나 좀 데려가 잠을 좀 재우든지 하우다."

이모는 그날 밤의 일로 우리집에서 나갔다. 훔친 돈은 벌어서 갚겠노라며 아버지께 큰절을 올리고는 잘못을 빌었다. 엄마도 이번만은 이모를 말리지 않았다. 말리기엔 너무도 아버지한테 부끄럽고 자존심이 상했을 것이다. 이모가 나간 다음날, 나는 엄마에게서 죽도록 매를 맞았다.

"가시나가 입이 싸면 입이 찢겨도 할말이 없다."

엄마한테 매를 맞으면서도 상하 엄마네 집에서 본 것은 말하지 않았다. 말을 해서는 안 될 것 같았다. 온몸이 얼얼했지만 그까짓 근육통쯤은 약과였다. 상하를 다정하게 어르는 아버지를 만약에 엄마가 봤다면 어떤 칼로도 그 옹이를 파낼 수가 없을 테니 말이다.

나중에 안 일이지만 외삼촌이 창고를 열어 재고 조사를 할 때, 이모는 양초로 본을 떠 열쇠를 복사했다고 한다. 이런 이모를 누가 반편이라고 했을까? 아무도 이모가 그런 대담한 짓을 할 것이라고는 생각해본 적이 없었다. 집을 나간 후 오랫동안 이모에게선 연락이 없었다. 이모의 소식을 알지 못하자 외할머니는 자주 한숨을 내쉬었다.

외할머니는 내게 편지를 쓰라고 했다. 부르는 대로 받아 적었다. 그러다 간혹 내 마음대로 적을 때도 있었다. 당돌한 나는 이모에게 훔쳐간 돈은 언제 갚을 거냐는 말을 적기도 했다. 다 쓰고 나면 할머니는 읽어보라고 하셨다. 나는 내 마음대로 쓴 내용은 빼고 읽었다. 편지는 계속 썼지만, 이모에게서 답장은 오지 않았다. 이모가 집을 떠나고 3년이 지났지만 소식이 없었다. 걱정하던 할머니는 주소가 적힌 쪽지를 들고 화천으로 이모를 찾아갔다.

그때는 교통이 불편한 시절이었고, 특히 시외버스는 여러 번 갈아타야 했다. 마장동에서 시외버스를 타고 춘천까지 가서, 거기서 또 갈아타고 화천까지 갔다. 한창 화천댐 공사중이라 지역 전체가 공사판이었다. 물어물어 찾아간 이모의 집은 군대 막사처럼 생긴 집으로, 상호가 '화천반점'이었다. 이모부 장서방은 커다란 웍을 휘두르며 음식을 만들고 있었고, 이모는 홀에서 음식을 날랐다. 할머니가 찾아올 줄 꿈에도 몰랐던 이모는 일주일 동안을 할머니와 함께 지냈다. 그때가 이모가 평생을 두고 가장 행복해했던 시간이 아니었나 생각한다.

그때 화천반점에 머물면서 이모부가 만들어줬던 중화요리가 탕수육이다. 튀김의 겉은 바싹하고 속이 촉촉하면서 쫀득했던 탕수육 맛이 지금도 생생하게 기억이 난다. 소스는 달짝지근하면서도 새콤했는데, 안에 들어간 당근이 꽃모양으로 들어가 있어 신기했다. 칼로 저며 모양을 냈는데 이모부는 "예쁜 사람한테는 당근꽃이 보인다"고 했다. 나는 그전까진 당근을 안 먹었다. 그런데 이모부가 만들어준 탕수육에 들어간 당근꽃이 예뻐서 그때부터 당근을 먹게 된 것 같다. 그때 먹은 탕수육은 내가 먹은 최초의 탕수육이자 가장 맛있는 탕수육이었다. 탕수육을 사준 사람이 없었기에 한 번도 먹어본 적이 없었다. 바싹한 고기를 씹다보면 튀김의 고소함이 혀끝을 감싸 삼키고 싶지 않을 만큼 매혹적인 맛이 났다.

이모부는 아버지 생전에 수금한 거금을 들고 튀었다. 아버지의 사업을 힘들게 만든 장본인이다. 자식과 아내를 두고 몇 년이나 방랑을 했다. 또 이모를 꼬드겨 포목을 필째로 도둑질을 했다.

당근꽃 핀 탕수육을 그리워하며

튀김의 겉은 바싹하고 속이 촉촉하면서 쫀득했던
탕수육 맛이 지금도 생생하게 기억이 난다.
소스는 달짝지근하면서도 새콤했는데,
안에 들어간 당근이 꽃모양으로 들어가 있어 신기했다.
칼로 저며 모양을 냈는데 이모부는
"예쁜 사람한테는 당근꽃이 보인다"고 했다.

그러나 아버지가 돌아가시고 엄마가 과부가 되자, 이모부는 집안의 기둥 노릇을 톡톡히 해주었다. 우리들이 졸업식을 할 때면 먼길을 달려와 짜장면과 탕수육을 사주었고 용돈까지 주었다.

"늬 아버지한테 진 빚을 뭐로도 다 못 갚는다."

그래선지 탕수육과 짜장면을 먹을 때마다 이모와 이모부 생각이 난다.

'눈물 없는 인생은 바라지도 마라'는 말처럼 이모부는 늦게 철들었다. 머리가 희끗해질 때까지 주방에서 수타면을 뽑고 탕수육을 만들었다. 그러다 밀가루를 치댈 힘이 없다면서 며칠 눕더니 유명을 달리했다.

이모가 도둑질한 옷감은 돈으로는 돌려받지 못했지만, 이모는 훗날 몇 배 이상의 이자를 복리로 갚아주었다. 엄마가 말년에 아프자 간병을 자처하고 나섰다. 대소변을 받아가며 엄마의 마지막을 지켜주었다. 이모가 옆에 없었다면 엄마는 많이 외로웠을 것이다. 자식들은 옆에 있어주지 못했다. 천사표 이모는 엄마의 성정을 누구보다 잘 알았기에, 혓바닥의 혀처럼 엄마를 돌봐주었다. 사랑은 덜어주는 만큼 채워지는 기쁨도 있다는 것을 귀주 이모는 잘 알고 있었다.

1부 가난한 집 딸아들은
자라서도 서로를 알아보기에

이젠 다 돌아가시고 유일하게 귀주 이모 한 분만 생존해 있다. 이모는 엄마와 외할머니 옆에 묻히려고 무덤 자리도 나란히 마련해놓았다. 우리 세 자매는 엄마가 그리울 때마다 이모를 찾는다. 올해 90세의 이모는 기력이 다했는지 잘 걷지도 못한다.

외가에서는 반편이라고 무시당했던 귀주 이모, 하지만 자신을 무시하는 사람들에게 따지는 걸 본 적이 없다. 왜 안 따지냐고 내가 뭐라고 하면 "예수님이 알고 계시면 되지, 따져서 뭘 하냐"며 아기 천사처럼 웃는다. 그러고는 누가 어렵다고 하면 봉투에 돈을 담아 몰래 건네는 인정 많은 분이다.

"이제 늙으니까 돈 쓸 데가 없어."

주여, 당신의 바람대로 아프지 않고, 잠자듯 편히 가게 하소서.

생명의 주인이신 주님, 저의 기도를 들어주소서.

내 영혼의 백신,
선지해장국과 리필 없는 인생

아버지가 싫었다. 싫어하면 닮는다는 주술의 마력이 내게 찾아왔다. 식성이 아버지를 그대로 **빼**박았다. 선지해장국을 좋아해 그 뜨거운 것을 우물거리고 먹었다. 이런 내 모습에서 아버지를 발견하고, 씹던 선지를 뱉어버린 적도 여러 차례였다. 한 번도 다가갈 수 없었던 아버지였다. 당신은 사랑으로 품어주셨는지는 모르겠으나, 내가 갈망한 부정父情은 해바라기처럼 환하게 웃으며 안아주는 아버지였다. 아버지는 지척에 있었지만 언제나 멀리 있었다.

나 어릴 적 서울 수유리의 새벽은 선지 장수 피서방의 요령 소리로 시작되었다. 요령 소리는 양철 초롱 가득 선

1부 가난한 집 딸아들은
자라서도 서로를 알아보기에

지피를 담은 피서방의 등장을 알리는 기척이었다. 피냄새를 맡은 동네 개들은 일제히 짖어댔다. 그럴수록 피서방은 요령을 더 크게 흔들어댔다. 피서방의 찢어진 잠방이 사이로 노동의 힘겨움을 드러내는 굵은 심줄이 선득하게 드러났다.

대문이 빼꼼히 열렸다. 어젯밤 깊이 잠들지 못했음을 말해주듯 아낙들은 푸석한 얼굴로 양재기를 들고 나왔다. 피서방은 빨간 적혈구가 적나라하게 드러나는 충격적인 선지피를 담담하게 양재기에 담아주었다. 목숨은 언제나 강인한 것을 요구했다. 아낙들은 간밤에 퍼마시고 들어온 남정네의 속풀이를 위해 붉은 피를 넣고 해장국을 끓였다. 피서방은 동네를 몇 바퀴 더 돌고 나서야 가벼워진 지게를 내려놓고 담배를 피워 물었다. 뱃속에서는 시장기를 알리는 창자의 비명소리가 들려왔지만, 초롱 안의 선지가 다 팔려야 요기를 할 수 있었다.

피서방의 요령 소리가 다가오면, 할머니는 찌그러진 양재기를 들고 나가 마지막 남은 선지를 떨이로 샀다. 끝손님이었으니 남은 선지를 다 쓸어오는 것은 당연했다. 지게를 문 앞에 내려놓은 피서방은 부엌 뒤쪽으로 와 앉았다. 피서방이 앉자마자 물이 펄펄 끓고 있는 무쇠솥에다 선지를 투하했다. 선지는 들어가기가 무섭게 버둥거리며 엉겨붙었다. 검붉은 갈색이 된 선짓덩어리는 거품처럼 둥둥 떠다녔다. 할머니가 만드는 선짓국 국물에서는 시원한 탕반 맛이 났다.

"다 묵고살자고 이 새벽에 나와서 고생하는 게 아이겠나. 든든히 묵고 가그라."

힘깨나 쓰게 생긴 피서방은 정정한 도끼날도 한 손으로 막아낼 듯한 괴력의 소유자로 보였다. 그러나 할머니 앞에선 오랫동안 푹 삶은 고기처럼 유순했다. 할머니는 손주들의 어지럼증 때문에 선짓국을 끓인다고 했다. 그러나 실제로는 아버지를 집으로 오게 하려는 술수였다. 검붉은 핏덩어리를 보는 것은 어지럼증보다 싫었지만, 그보다 더 싫은 것은 아버지를 부르러 첩년의 집으로 가는 일이었다.

아버지는 할머니가 끓여주는 해장국을 좋아했다. 해장국을 끓이는 날엔 집으로 돌아왔다. 그리고 친구들을 불렀다. 아버지가 집에 오는 날이면 대청 뒤주 위에 놓인 달항아리에도 침묵이 깔렸다. 심지어 선반에 매달려 있는 막걸리 주전자까지도 정숙하게 보였다. 아버지와 친구들이 두런거리는 소리만 들려왔을 뿐 집은 절간처럼 조용했다.

할머니는 해장국과 소고기수육을 만들어 상을 차렸다. 엄마는 말없이 부엌 한쪽에서 불린 녹두를 맷돌에다 갈았고, 이모는 숙주가 잔뜩 들어간 이북식 빈대떡을 부쳤다. 무거운 침

1부 가난한 집 딸아들은
자라서도 서로를 알아보기에

묵이 통증처럼 내려앉았다. 아버지가 없을 때의 부엌 안은 도
란도란 이야기도 하고 즐거웠다. 그러나 아버지가 집에 오면
모두 말이 없어졌다. 아버지가 첩년 집에서 오지 않았음 좋겠
다는 생각을 했다.

선지해장국 파티를 하는 날이면 아버지는 장미원 근처에
서 '함흥집'이라는 식당을 하는 고모에게 기별했다. 우리는 그
분을 '함흥 고모'라고 불렀다. 함흥 고모는 엄마를 예뻐해 영
화관에도 데려갔고, 명동에 있는 송옥양장점에 데려가 옷도
여러 벌 맞춰주었다. 이북 여자답게 통이 컸던 고모는 혼자만
이남에 내려왔다는 죄책감에 평생 후회를 깔고 살았다.

또 초대된 분으로는 '띵까 영감'이라 부르는 강영감이 있
었다. 술에 취하면 '띵까띵까' 하며 춤을 춘다고 해서 붙은 별
명이었다. 띵까 영감은 혈혈단신 이남으로 내려와 홀로 사는
피란민이었다. 주변에서 재혼을 권했지만, 아내와 자식들이
시퍼렇게 살아 있는데 어찌 재혼하냐며 거절했다. 외로워서
그랬는지 두고 온 자식 생각이 나서였는지 우리 자매들을 참
예뻐했다. 집에 올 때마다 나를 보고는 "이 간나히가 이북에
있는 내 둘째를 빼박았어" 하며 눈깔사탕도 사주고 달고나도
사줬다. 눈깔사탕과 달고나는 당시 아이들에겐 최고의 군것
질거리였다. 단것의 유혹에 빠진 우리 자매들은 아버지가 오

아버지를 집으로 불러들이는 수육

할머니는 해장국과 소고기수육을 만들어
상을 차렸다. 엄마는 말없이 부엌 한쪽에서
불린 녹두를 맷돌에다 갈았고, 이모는 숙주가 잔뜩
들어간 이북식 빈대떡을 부쳤다.
무거운 침묵이 통증처럼 내려앉았다.
아버지가 첩년 집에서 오지 않았음 좋겠다는
생각을 했다.

는 건 싫었지만, 띵까 영감의 방문은 기다렸다.

띵까 영감은 일본 우에노 음악학원 출신의 엘리트였다. 웬만한 악기는 다 다룰 줄 알았다. 특히 아코디언 연주를 좋아했다. 이상하게도 그가 연주하는 곡에선 겹겹이 싸서 옷장 속에 넣어둔 나프탈렌 냄새가 났다. 이북에 두고 온 가족 생각으로 그랬는지 들을 때마다 슬펐다. 속을 후벼파느냐고 타박을 하면 띵까 영감은 "마음을 수도꼭지처럼 잠글 수가 없는데 내더러 어쩌란 말이니?" 하고 울먹였다.

어떤 날엔 부르러 가지도 않았는데 아버지가 집에 오는 날도 있었다. 할머니는 내게 냄비를 들려 해장국을 사 오라고 함흥 고모집으로 보냈다. 그곳은 월남한 이북 실향민들의 아지트였다. 거기에 모인 사람들은 아버지를 아는 이들이어서 내게 10원짜리 붉은색 지폐도 주었고 수육 몇 점도 입에다 넣어주셨다. 다들 한식구였다. 주로 억세고 강한 억양의 동북면 사람들이 모였다.

취할 때 빼고는 그들의 대화 주제는 주로 고향에 두고 온 가족 이야기였다. 전쟁은 그들의 영혼을 미라처럼 마르게 했다. 이율배반적인 말 같지만, 이남에 내려와 가정을 이루었으나 마음은 늘 고향집 앞마당을 서성였다. 혼례를 치르고 귀밑머리를 풀고 살았지만 마음은 이남에다 내려놓지 않았다. 그러니 허깨비랑 살고 있다는 지청구를 듣지 않을 수가 없었다.

아버지가 방황한 이유도 그것이었을까? 고향땅에 두고 온 가족들이 잊히지 않아 책임도 못 지는 사랑을 남발했을까? 속절없는 분이었다. 다시는 고향집 앞마당을 밟을 수 없다는 두려움 때문이었는지 아버지는 일찍도 주저앉았다. 여인들을 울린 죄의 업보가 컸던지, 당신의 방황에 방점을 찍었다.

어느 날 아침 갑자기 죽음을 맞았다. 뇌출혈이었다. '업장소멸業障消滅'(불교 용어로 지금까지 쌓아온 죄업을 다 없애버리고 앞으로 새로운 죄악도 저지르지 않는 일)의 무상함은 컸다. 하찮은 커피도 리필이 되는데 사람의 생명은 리필 없이 소멸되었다. 아버지의 죽음 앞에서 어머니는 과부가 된 자신의 박복함을 탓하며 울었다. 아버지의 죽음은 상강霜降에 내린 서리보다 더 차가운 세상인심으로 확인되었다. 발 빠른 첩들은 살길을 찾아 떠났다. 미처 못 떠난 첩들은 기댈 만한 곳을 어슬렁거리다 팔자를 탓하며 떠났다.

아버지의 상여가 나가는 날, 맏상제로 맨 앞에 어린 남동생을 세우고 뒤를 따르던 엄마의 흐느낌이 기억난다. 앞에는 만장이 나가고, 곧이어 상여가 뒤따랐다. 상여 뒤를 따르는 상주와 친지들, 아버지의 여인들이 마지막 가는 길을 배웅했다. 장지가 가까워지자 선소리꾼은 악을 썼고 선창은 점점 커졌다. 이상하게도 잘 가던 상여가 한 발자국도 나아가지 않았다. 선창꾼의 타령조 소리가 악쓰듯 변했고 목에선 쇳소리가 났다. 뒤따르는 상여꾼들도 자주 멈췄다. 선창꾼은 거친 숨을 쉬며 거푸 막걸리를 들이켰다.

그날 울었던 여자들의 눈물을 모아 댐을 만들었다면 흘러넘쳤으리라. 사랑을 많이 받은 첩들은 더이상 총애를 못 받아 서러워서 울었고, 첩들로 인해 사랑이 나뉘었다고 생각한 엄마는 억울해서 울었다. 그러나 나는 가난뱅이가 된다는 두려움에 울었다. 막내이모가 마지막으로 짐을 싸자, 진짜로 우리 식구만 남았다.

띵까 영감은 우리들이 공부하는 것을 물심양면으로 도와주셨다. 그 당시, 사는 집 아이들은 노란색 자루에 잠자리 문양이 그려진 '돔보연필'을 썼다. 내 연필은 조악하기가 그지없어 조금만 힘을 줘도 심이 부러졌다. 일제 돔보연필을 쓰는 친구들이 그렇게 부러울 수가 없었다. 몽당연필이라도 좋으니 돔보연필로 필기를 해보고 싶었다.

"아바이요. 일제 돔보연필 한 자루만 사주기요. 내 공부해서 1등 할게요."

띵까 영감은 돔보연필을 한 다스나 사주었다. 나는 돔보연필을 물경 세 자루나 깎아 학교에 가지고 갔다. 자랑스럽게 꺼내 필기하고는 일부러 필통 뚜껑을 닫지 않았다. 공교롭게도 그날, 반장 금옥이의 돔보연필이 없어졌다. 나는 금옥이 연필을 훔친 범인으로 몰렸다. 복도에 꿇어앉아 벌을 섰다. 담임 선생님은 자수하면 용서하겠다고 했다. 나는 훔치지 않았으므로 고개를 내저었다. 내 연필이라고 했지만 선생님은 믿어주지 않았다. 두꺼운 출석부로 맞았다.

청소가 끝나고 집으로 돌아갈 시간이 되었다. 선생님은 엄마를 불러오라고 했다. 눈물이 쏟아졌지만 이를 악물고 참았다. 복도를 걸어나오는데 너무도 억울해서 심장에서 북소리가 들렸다. 더 막막한 것은 선생님의 지시를 엄마에게 전할수가 없다는 것이었다.

종일 굶고 학교에서 쫓겨났지만, 집에는 갈 수 없었다. 동지를 얼마 안 남긴 짧은 해는 노루 꼬리만하게 짧았다. 슬퍼서 아무것도 입으로 들어갈 것 같지 않은데 배는 고팠다. 고모네로 갔다. 꾀죄죄한 얼굴로 문을 열고 들어갔다. 고모는 주방에서 저녁 손님을 맞을 준비로 정신이 없었다.

"으째 니가 이 시간에 집엔 아이 가고 여길 왔음둥?"

고모의 알은체에 그만 서러움이 폭발해 논에 풀어놓은 엉머구리('참개구리'의 방언)처럼 울었다. 제 편이 있으면 응석

받이 아이가 되는 것처럼 고모가 내 편이다 싶었다. 봄이 오는 건 꽃이 싹트는 걸 보면 알 수 있다. 의논할 상대가 없던 나에게 고모는 봄이 되어주었다.

"얼굴 꼴이 숭없게시리 이게 뭐이니? 뉘기가 니를 이래 만들었니?"

말을 다 하지도 않았는데 고모는 바로 앞치마를 벗었다.

"앞장서라."

땅까 영감의 집은 필동 부근의 일본식 적산 가옥이었다. 갑자기 찾아온 고모와 나를 보고는 땅까 영감은 눈이 휘둥그레졌다.

"어쩐 일이니?"

나는 그날 처음으로 날개 달린 그랜드피아노를 만져보았다.

"훔치지 않은 것을 훔쳤다 하면 비겁한 사람입지비."

땅까 영감의 말은 내게 든든함과 용기를 주었다. 고모는 더운물에 얼굴을 씻겨주었고 향긋한 냄새가 나는 구리무(로션크림)를 발라주었다. 집안일을 도와주는 아주머니는 두레반상에다 저녁을 차려주었다. 고모는 청어를 발라 밥 위에다 얹어주었다. 종일 굶은 뱃속에 호사를 받은 탓인지 노곤했다. 어찌 잠이 들었는지도 모르게 곯아떨어졌다.

일어나보니 아침이었다. 고모는 통금이 되기 전에 가셨다고 했다. 띵까 영감님은 등교를 기다리고 있었다. 영감님의 손을 잡고 학교에 갔다. 2교시가 끝나갈 때까지 담임선생님은 교실에 들어오지 않았다. 2교시를 마치는 종이 울리자 교장실에서 호출이 왔다. 담임선생님은 풀죽은 얼굴로 사과를 했다. 나는 목에 걸린 가래를 뱉은 듯 후련했다.

그 사건 이후, 연필 도둑이라는 누명은 벗었지만 학교 생활은 결코 쉽지 않았다. 그러나 띵까 영감은 자기가 하지 않은 일에 대해선 끝까지 당당해야 한다는 것을 알려주었다. 말해야 할 때 말하는 것이 용기임을 배웠다. 정면으로 돌파해야 한다는 것은 영감님이 내게 가르쳐준 무형의 학습이었다. 내가 져야 할 삶의 무게보다 훨씬 많은 짐을 지고 산 것도 그분의 가르침을 잊지 않으려는 노력이었던 것 같다.

부자인 띵까 영감님의 집은 우리집보다 편리했다. 주말이면 띵까 영감님의 집으로 갔다. 그러곤 영감님의 둘째가 되었다. 허리도 주물러드리고, 요담뿌(겨울밤 뜨거운 물을 넣어 끌어안고 자거나 이불 안에 넣어두는 양철통으로 방한용품의 일종)도 따뜻하게 데워드렸다. 밥도 같이 먹었고, 남산으로 산보도 갔다. 남산 외교구락부 인근에서 처음 먹어본 돈가스의 맛은 환상적이었다. 언니와 동생에게 미안한 생각이 들었다.

그러나 언제 먹어도 편한 것은 함흥 고모네의 선지해장국이었다. 이상하게도 그 해장국만 먹고 나면 헛헛했던 속이 다스려졌다. 술 한잔을 걸치고는 눈자위가 축축해진 채 나를 바라보던 아버지가 기억난다. 펄펄 끓는 해장국에다 뻘건 깍두기 국물을 넣고 선지가 가득한 해장국을 땀을 뻘뻘 흘리며 먹고 있었다.

"씨도둑질은 절대 못 합지비. 저 간나아는 내 식성을 빼다 박았음둥."

내게는 내가 생각했던 것보다 아버지가 많이 들어 있었다. 식성뿐 아니라 걸음걸이에 심지어 웃음소리까지 닮았다고 엄마는 밥을 먹을 때마다 자주 혀를 찼다.

중학교에 입학하자 띵까 영감님은 화신백화점에서 교복을 맞춰주었다. "등짝이 운동장만큼 넓어진 간나아가 되었겠구나" 하고는 나를 한참 동안 바라보았다. 북쪽에 두고 온 자식이 얼마나 그리웠으면 나를 당신의 둘째딸로 재연을 시켰을까? 나는 거부하지 않고 그 역할을 천연덕스럽게 해냈다. 혹자들 중에는 간악스럽게 아이가 어찌 그럴 수가 있느냐고 묻는 사람도 있을 것이다. 믿거나 말거나지만, 아버지의 품

깍두기 국물 넣어 먹는 선지해장국

이상하게도 그 해장국만 먹고 나면 헛헛했던 속이
다스려졌다. 술 한잔을 걸치고는 눈자위가
축축해진 채 나를 바라보던 아버지가 기억난다.
펄펄 끓는 해장국에다 뻘건 깍두기 국물을 넣고
선지가 가득한 해장국을 땀을 뻘뻘 흘리며
먹고 있었다. 내게는 내가 생각했던 것보다
아버지가 많이 들어 있었다.

이 그리웠다. 그렇게라도 아버지를 느껴보고 싶었다.

이제 내 나이가 아버지가 돌아가실 때의 나이보다도 더 들었다. 그러니 하늘나라에서 아버지를 만나도 나를 알아보실 리 만무하다. 뜨거운 선지해장국에 밥을 말아 양볼 가득 미어지게 먹는 모습을 본다면 혹시 알아볼 수 있을지도 모르겠다.

대추나무에도 단풍이 들고 있다. 장미 다발 같은 고운 빛깔로 타오르는 노을이 보고 싶어 옥상에 자주 올라간다. 노을은 대추나무 위에서도 황홀한 자태를 드러낸다. 노을을 볼 때마다 시각은 미각을 부른다고 식욕이 당긴다. 부은 편도선이 가라앉을 정도로 뜨끈한 국물에 밥을 말아 허리끈을 풀어놓고 선지해장국을 먹고 싶다. 예전에 아버지가 그랬듯이, 밥주발 뚜껑에 데워진 따뜻한 술로 반주도 같이하리라. 뜨거운 해장국에 묻어온 가을이 놀라 내 얼굴에도 불그죽죽 단풍이 내릴 것 같다.

해장국에 반주를 같이 먹는 날

노을을 볼 때마다 시각은 미각을 부른다고
식욕이 당긴다. 부은 편도선이 가라앉을 정도로
뜨끈한 국물에 밥을 말아 허리끈을 풀어놓고
선지해장국을 먹고 싶다.
뜨거운 해장국에 묻어온 가을이 놀라
내 얼굴에도 불그죽죽 단풍이 내릴 것 같다.

언니의 야맹증을 고쳐준 윤초시,
그리고 몰래 한 사랑과 쥐포

쥐치는 쥐처럼 입이 작고 이빨이 날카로워, 물고기임에도 설치류와 연관된 이름을 얻은 어류다. 게다가 찍찍거리는 쥐소리를 낸다. 쥐포는 쥐치의 포를 떠서 말린 것으로, 정확한 명칭은 '쥐치포'다. 흔히 쥐포라고 하는 노랗고 쫀득한 제품은 다른 생선의 살을 가공한 후에 조미료를 대량 첨가해서 만든 짝퉁 쥐포다. 진짜 쥐치를 건조하여 만든 쥐포는 짝퉁 쥐포에 비해 두툼하고 진한 갈색을 띤다. 살이 투명하지 않으며 결 따라 찢어지지도 않는다. 만약 결대로 찢어진다면 100퍼센트 가짜다.

아버지는 서울에서 포목 생산과 유통을 함께했다.

소매 거래도 직접 하기 위해 광장시장에 여러 채의 가게를 소유했다. 집에만 있었던 엄마도 시장에 나가 포목 장사를 했다. 엄마에게 장사 수완이 있다는 것을 알고 다들 놀랐다. 엄마의 가게 수입은 월등했다. 처음엔 엄마가 가게에 나가는 것을 마뜩잖아했던 아버지도 엄마의 장사 수완이 워낙 출중하니 그냥 내버려두었다.

한번은 아버지가 물건을 대주던 도매상에서 큰돈을 떼여 손해를 보게 되었다. 엄마가 그 사람을 찾아가 담판을 지었다. 돈 대신 망한 식당을 넘겨받았다. 엄마는 가게를 고쳐 세를 주자고 했으나, 미식가이자 식도락가였던 아버지는 그 자리에다 식당을 열었다.

식당의 이름은 '소복정笑福停'이었다. '웃으면 복이 오는 집'이라는 의미의 상호였다. 아버지가 무슨 의미로 그런 이름을 지었는지 몰라도, 불고기와 갈비탕 맛이 좋아 웃음이 절로 나오는 소문난 식당이 되었다. 광장시장에 오면 꼭 들러서 먹고 가는, 요즘으로 치면 줄 서서 먹는 소문난 맛집이었다.

식당 개업으로 더 바빠진 아버지는 엄마와의 사이가 어느 때보다도 긴밀해졌다. 머리를 맞대고 의논하는 일이 많아지다 보니, 그때가 두 분의 결혼생활 중 가장 가까웠던 시기였던 것 같다. 식당일이라는 게 아무래도 여자의 도움을 받아야 하

1부 가난한 집 딸아들은
자라서도 서로를 알아보기에

는 일이 많았으니 말이다. 아침부터 저녁까지 아버지와 엄마는 같이 있는 시간이 많았다.

소복정의 지배인은 윤초시였다. 아버지보다는 나이가 덜 먹었지만, 시력이 좋지 않아 두꺼운 렌즈의 안경을 쓰고도 앞이 잘 보이지 않아 여기저기 부딪히기 일쑤였다. 먼저 본 사람이 윤초시를 피하는 게 상책이었다. 시력이 나쁘다는 것은 윤초시가 손님 얼굴을 알아보지 못함을 의미했다. 서비스가 생명인 음식점 지배인에게는 큰 단점이었다. 꾀를 낸 윤초시는 눈앞에 누군가 지나가면 아무한테나 먼저 무조건 인사를 했다.

"안녕하시오."

그래서 윤초시의 별명은 '아무나 안녕하시오'였다. 눈은 어두웠지만 입이 무거운데다 인정이 많아, 놀려대긴 했어도 소복정 직원들은 윤초시를 따랐다. 윤초시도 이북에 가족을 두고 온 실향민이었다. 무슨 사연이 있는지는 몰라도 절대 자기 이야기는 하지 않았다. 대부분의 실향민들은 술이 한두 잔 들어가거나 명절을 앞두고서는 눈가가 촉촉해진 채 고향 이야기나 가족사를 읊어댔다. 그러나 윤초시만은 위험한 훈련 중 통제를 받는 군인처럼 굳게 입을 다물었다.

광장시장 내 이북 실향민들 사이에서는 윤초시가 고향에서 사람을 죽이고 도망친 흉악범일지도 모른다는 말이 떠돌았다. 윤초시는 실향민들과도 별로 어울리지 않았고 친한 사람도 없었다. 늘 소복정 안에서만 맴돌았다. 쉬는 날이면 건물 안을 돌아다니며 쥐를 잡았다. 사람들은 눈이 어두운 윤초시가 어떻게 쥐를 잡는지 신기해했다. 윤초시는 일단 눈에 한 번 띈 쥐는 끝까지 추적해 잡았다.

윤초시의 활약 덕분에 소복정엔 쥐가 없었다. 직원들은 고양이를 기르는 것보다 윤초시의 쥐잡이 실력이 더 낫다고 했다. 당시엔 위생 상태가 지금 같지 않아서 음식점 주방에도 쥐가 드나들었다. 그러나 윤초시로 인해 소복정 주방에는 쥐가 한 마리도 없었으니 대단하다고 할밖에.

윤초시의 출중한 쥐잡이 실력은 그의 어두운 눈에서부터 연유되었다. 예전엔 지금처럼 눈이 나쁘다고 해서 특별한 처방약이 없었다. 간유를 복용한다는 것은 부자들에게나 해당되는 처방이었다. 대부분의 사람들은 예로부터 내려오는 민간처방에 의존했다. 윤초시도 예외가 아니었다. 피란중 전쟁통에 약을 구하기란 하늘의 별 따기였다. 누군가 쥐를 잡아먹으면 눈이 좋아진다는 말을 했다. 윤초시는 그 말을 철석같이 믿었다. 앞을 보기 위해 윤초시는 쥐만 보면 어떻게 해서라도 잡으려고 노력했다.

분간되지 않던 시야가 조금씩 눈앞에서 펼쳐지며 보였다. 뿌옇게라도 보였다. 전쟁중 극심한 굶주림에서 살아날 수 있었던 것은, 아니 그나마 앞을 볼 수 있었던 것은 쥐를 잡아먹었기 때문이었다. 그는 쥐잡이 도사가 되었다. 윤초시가 잡아먹은 쥐가 하루에도 수십 마리나 된다는 소문이 떠돌았다.

그때는 군것질거리가 흔치 않던 시절이었다. 하지만 윤초시는 항상 무엇인가를 질겅거리며 씹었다. 나는 말린 쥐고기를 씹고 있다고 생각했다. 하지만 물어볼 수는 없었다. 윤초시의 입에서는 하수구에서 올라오는 역겨운 냄새가 났다. 나는 윤초시 옆에는 가지 않으려고 언제나 멀찍이 떨어져 있었다.

외할머니가 대구로 내려가시고 살림을 건사해줄 사람이 없자, 엄마는 소복정에서 가까운 거리인 효제동에다 작은 방을 얻었다. 주인집은 총포사를 하는 집이었다. 점방엔 누군가를 겨누려고 잔뜩 째려보고 있는 공기총들이 일렬로 전시되어 있었다. 벽에는 살아 있을 때의 포효를 자랑하듯 무서운 표정의 호랑이 박제와 뿔이 전나무처럼 생긴 사슴이 벽시계처럼 매달려 있었다.

나는 소복정에 가지 않는 날엔 총포사 점방에서 놀았다.

40대 중후반쯤 되어 보이는 주인집 부부에겐 자식이 없었다. 순덕이라는 언니 또래의 식모 아이와 셋이서 살았는데, 점방에서 노는 나를 귀찮아하지 않고 예뻐해주었다. 아주머니는 양 갈래로 트위스트 머리를 땋아주기도 했고 예쁜 방울을 사다가 달아주기도 했다. 나는 놀다가 장의자에서 잠이 들기도 했다. 자다가 눈을 뜨면 긴 뿔을 가진 사슴이 나를 내려다보는 게 무서웠다. 아주머니는 등을 토닥여주며 말했다.

"잠꼬대를 했구먼. 저건 죽은 짐승이야. 무서워할 거 하나두 없어."

"앞으로 낮잠은 너희 방에 가서 자라. 쬐그면 것이 영물을 알아본다구 가위에 눌렸구먼."

"나무아미타불, 관세음보살."

아주머닌 내 등을 둥글게 쓰다듬으며 한참 동안 주문을 외듯 중얼거렸다.

밥은 소복정에 가서 먹고 잠은 효제동 집에서 잤다. 그러니 하루에 세 번은 소복정에 들러야 했다. 아버지와 엄마는 따로 마련된 내실에서 거처했다. 연탄불을 가는 데 익숙지 못했던 언니와 나는 불을 자주 꺼뜨렸고, 방바닥은 늘 차가웠다. 그럴 때마다 윤초시는 벌겋게 달아오른 연탄을 쇠집게에 꽂아 들고는 효제동까지 와주었다. 몸을 숙여 부스러진 연탄재를 퍼내고는 연탄불을 피워주었다. 방에 딸린 작은 툇마루에서 미동도 없이 앉아 있다가 연탄에 불이 훨훨 붙는 걸 확인한 후에 일어섰다. 언니에게 연탄불 가는 법을 다시 한번 알려주고는 대문을 조용히 열고 나갔다. 대문을 여닫을 때마다 수캐 앓는 소리가 났다. 그러나 윤초시가 나갈 때는 아무 소리도 들리지 않았다.

소복정은 늘 손님으로 붐볐다. 일이 두 배로 바빠지다보니 아버지는 첩들의 집을 찾아갈 시간이 없었다. 아버지가 그녀들의 집으로 가지 못하자 첩들이 식당으로 찾아왔다. 생활비라도 받아갈 양이면 그녀들도 일을 거들어야 했다. 그때부터 첩들도 엄마처럼 생활전선에 뛰어들었다. 그때부터 아버지는 광장시장 안의 작은 점포를 빌려서 포목을 대주고는 생활비를 벌어 쓰게 했다. 엄마가 장사에서 의외의 수완을 보인 것처럼 그녀들도 장사로 자리를 잡아갔다. 광장시장은 아버지의 작은 왕국이 되어갔다.

지금의 빈대떡 골목이 있는 곳에서 우측 2시 방향으로 들어가면 한복 골목이 나온다. 그쪽이 예전엔 아동용 한복집이 많은 골목이자 이불집이 늘어선 골목이었다. 그 골목 안으로 들어가면 소복정이 있었다. 지금이나 그때나 먹자골목이 있는 골목은 시장 안의 번화가였다. 늘 발 디딜 틈 없이 사람들로 넘쳤다.

소복정 맞은편엔 아버지와 고향이 같은 양영감이 하는 이불 가게가 있었다. 소복정 건물은 띵까 영감님의 소유로, 건물 3층엔 한옥 형태의 살림집이 있었다. 엄마와 아버지는 거기에서 기거했다. 시장 사람들은 거의 이북 실향민들로 어딜 가도 이북 사투리가 들려왔다. 지금은 포장마차에서 음식을 팔지만 그때는 좌판에서 음식을 팔았다. 잡채와 순대, 빈대떡과 국수를 팔았다. 잡채 좌판이 가장 인기가 있었다. 사람들은 미꾸라지가 뜨거워진 솥 안의 물을 피해 추탕 두부 속으로 파고들듯 모여들었다. 잡채를 뒤집을 때마다 풍겨오는 고소한 참기름 냄새는 도저히 그냥 지나칠 수 없게 했다.

나는 밥을 먹으러 소복정에 와서는 밥은 먹지 않고 시장을 쏘다녔다. 시장은 먹을 것 천지였다. 엄마 몰래 카운터에서 돈을 훔치는 것쯤은 식은 죽 먹기였다. 전표 정리를 도와주는 척하다가 주머니에 돈을 슬쩍 집어넣었다. 훔친 돈으로 동대문 극장에 가서 온종일 상영하는 성인영화도 보고, 방산시장에서 사고 싶은 학용품도 원 없이 샀다. 효제동 집엔 아무도 없으니 야단칠 사람이 없었다. 나는 '시장 키드'가 되어 금단의 지역에도 겁 없이 돌아다녔다.

종일 쏘다니다 동대문 극장에서 늦게까지 상영하는 영화를 보고 소복정에 갔다. 손님들이 몰려든 피크타임이 끝나고 한가한 저녁시간이었다. 주방 뒤에는 숯불을 피우는 불방이 있었는데 윤초시가 쭈그리고 앉아서 고기를 굽고 있었다. 매캐한 연기가 올라왔지만 윤초시는 끄떡도 하지 않았다. 홀에 있던 배달 오빠들이 고함을 질렀다.

"불났다고 신고라도 하겠수."

윤초시는 일어나 송풍기를 틀었다. 연기는 사라졌지만 냄새는 이미 홀까지 퍼진 후였다.

하꼬비(종업원) 언니들은 윤초시가 또 쥐를 구워 먹는다고 입을 비쭉거렸다. 나는 홀의 한쪽 귀퉁이에서 밥을 먹고 있다가 냄새에 비위가 틀려 숟가락을 내려놓았다. 더러운 쥐를 잡아먹다니 윤초시가 흡혈귀 같다는 생각이 들었다.

그날 밤, 우글거리는 쥐새끼들이 불에 타 불방을 뛰쳐나가는 꿈을 꾸었다. 쥐들의 검은 살점에서 피가 뚝뚝 떨어지고 있었다. 언니가 나를 흔들어 깨웠다. 언니의 코에서는 뻘건 김치 국물 같은 코피가 떨어졌다.

언니는 잘 먹지 않아 약골이었다. 코피를 쏟은 그날부터 언니의 눈이 잘 보이지 않았다. 밤에는 더 심해졌다. 윤초시처럼 렌즈가 두꺼운 안경을 쓰기 시작했다. 몸이 열 개라도 모자란 엄마는 약골인 언니 때문에 무진 애를 태웠다. 아버지의 바람으로 인해 속을 많이 끓였지만, 언니의 허약함으로 인해 속을 끓인 것도 컸으니 막상막하였다. 추어탕, 비타민과 간유, 원기소 등 좋다는 것은 다 먹였다. 그러나 언니의 키와 체중은 조금도 늘어나지 않았다. 반면 나는 삼시 세 끼 밥만 먹고도 언니보다 덩치가 곱으로 컸다.

등굣길에는 언니와 동생의 가방을 물장수처럼 막대기에 매달고 갔다. 친구들은 킥킥거렸지만 하나도 부끄럽지 않았다. 혹여 누가 언니와 동생을 놀리기라도 하면, 나는 나보다 크든 작든 반쯤 죽여놨다. 내가 삼손처럼 힘이 세다는 것을 보여줘야 그들이 언니와 동생을 함부로 대하지 못했기 때문이었다.

언니의 눈 때문에 윤초시는 자주 효제동에 왔다. 엄마와 같이 올 때도 있었고 어떨 때는 윤초시 혼자도 왔다. 언니는 엄마의 성화로 여러 가지 조약造藥과 음식을 먹다보니 윤초시가 주는 것을 저항 없이 받아먹었다. 나는 그게 쥐고기인 줄 알았지만 언니에게 말하지 않았다. 유지(기름종이)에 펼쳐진 고기는 선홍빛이었다. 언니는 피를 품은 살맛이 주는 비릿함을 느끼지 못하는 것 같았다. 언니는 서걱거리는 질감을 극복하려는지 참기름장에 찍어 오래도록 씹어먹었다. 나는 슬며시 밖으로 나왔다.

점방 유리장 안의 공기총들은 부동자세로 진열되어 있었다. 평생을 벗지 못하는 뿔왕관을 쓴 사슴이 나를 바라보고 있었다. 살아 있을 적엔 대단한 자존심으로 왕국을 지배했던 수사슴이었을지 몰라도 죽어서 박제가 된 이상, 천장에 매달린 굴비와 다를 바 없다는 생각이 들었다.

언니는 살가운 성격이 아니었음에도 윤초시의 방문은 좋아했다. 윤초시가 가져온 고기를 남김없이 먹어치웠다. 윤초시는 매우 흡족해했다. 언니로 인해 윤초시는 더 바빠졌다. 그징그러운 걸 먹은 덕분인지, 아니면 약 덕분인지 언니의 눈은 조금씩 좋아졌다. 밤에는 언니 혼자서는 화장실에 가질 못했는데 혼자서도 갈 수 있게 되었다. 나는 밤에도 황학동에서 하는 동춘서커스단 공연을 마음놓고 보러 갈 수 있어 좋았다.

언니의 눈은 좋아졌지만 윤초시의 눈은 점점 나빠졌다. 윤초시에게는 안경이 무용지물이 되었다. 하꼬비 언니들은 그렇게 쥐를 잡아먹는데도 눈이 왜 더 나빠지냐고 비아냥댔다. 사람을 식별하긴커녕 코앞의 물체도 구분하지 못했다. 윤초시는 음식을 나르는 언니들과 부딪치기 일쑤였다. 국물을 쏟거나 반찬을 다시 담아야 한다고 불평을 들어야 했다. 미안하다고 손님에게 사죄하는 것도 한두 번이지 이런 일이 자주 반복되자 윤초시는 소복정을 그만두어야 했다.

윤초시는 남한에 가족이 없어 딱히 있을 곳이 없었다. 아버지의 소개로 윤초시는 속초 부근의 아바이마을에 사는 지인의 집으로 가게 되었다. 속초는 이북 실향민들이 많이 사는데다 바다생선을 먹을 수 있어 눈을 고칠 수 있다는 계산도 겸했을 것이다.

마음이 한없이 따뜻한 윤초시는 가끔 소복정으로 건어물을 보내주었다. 종업원들은 윤초시의 건강을 염려하기보다는 바다 냄새를 맡는다고 건어물 위에다 코를 대고 킁킁댔다. 찬모 정씨가 와서 건어물을 포장한 누런 종이를 뜯었다. 잔멸치와 오징어채, 쥐포가 보였다. 그들은 쥐포를 꺼내 숯불 위에 구웠다. 숯불 위에서 쥐포는 자맥질하듯 전신을 오그리며 소금 맞은 미꾸라지처럼 불 위에서 몸을 뒤틀었다.

어디선가 맡아본 익숙한 냄새였다. 쥐고기를 굽는 냄새였다. 윤초시가 불방에서 혼자서 은밀히 굽던 그 냄새였다. 나는 우물거리며 씹고 있던 쥐치포를 뱉었다. 입속의 것을 다 뱉어냈는데도 혓바닥에는 뭔가 남아 미끄덩거렸다. 물로 몇 번을 헹궜지만 여전히 입에선 비린내가 났다. 앞니가 날카롭고 털빛이 검은 더러운 시궁쥐가 떠올랐다. 헛구역질이 올라왔다.

언니는 입이 짧아 평소엔 잘 먹지도 않으면서도 윤초시
가 보내준 쥐포를 연탄불 위에 구워 종일 야금거리며 뜯어 먹
었다.

"맛있어. 너두 먹어봐."

나는 고개를 야무지게 홰홰 저었다. 쥐포는 연탄불 위에
서 오줌발에 쏘인 지렁이처럼 몸을 뒤틀었다.

나는 4학년이 되었다. 이제 언니는 연탄불을 꺼뜨리지
않았다. 언제쯤이면 연탄을 갈아야 하는지를 알았고 불구멍
조절도 할 수 있었다. 주인집 식모 순덕이에게 배워 불구멍이
몇 개 안 남은 꺼져가는 불도 나무 부스러기만 있으면 살려냈
다. 이제 방은 차갑지 않았다.

엄마는 모르고 있었지만 이미 내겐 사춘기가 와버렸다.
동대문 극장은 내 단골 영화관이자 놀이터였다. 국민학교에
다니는 아이가 봐서는 안 되는 어른들 영화를 너무 많이 봐버
린 탓에 성조숙증이 온 것이다. 우리 반에서 나보다 두 살이
많은 춘자와 나만 젖꼭지가 뾰족 솟아올랐다. 우리 반에서 제
일 잘생긴 기철이 얼굴만 봐도 괜스레 가슴이 벌렁거렸다.

주인집 아주머니는 어디서 고데기를 가져와서는 내 머리

에다 〈레 미제라블〉에 나오는 코제트 머리처럼 구불거리는
웨이브를 연습했다. 서양 인형처럼 붉은 리본을 묶어주고는
흡족해했다. 나는 그 머리가 싫었지만 아주머니 앞에선 아무
말도 하지 않았다. 그러다 점방에 손님이라도 오면 슬며시 빠
져나왔다. 방에 와서는 물을 뿌려 머리를 폈다. 머리는 사자의
갈기처럼 부풀었다. 마치 총포사 점방 벽에 매달린 뿔왕관을
쓴 사슴처럼 내 모습이 안돼 보였다.

여름방학이 왔다. 윤초시는 서울 병원에 눈 검진
을 받으러 왔다가 소복정에 들렀다. 엄마와 아버지는 반가워
했다. 바닷가에서 지내서 그런지 얼굴이 검게 탔다. 이왕 온
김에 며칠 쉬어가라고 붙들었다. 윤초시가 가져온 선물은 건
어물이 대부분이었는데 이번에도 언니가 가장 좋아했다.

장마가 시작되었다. 밤부터 폭우가 쏟아져 효제동에 가지
못하고 소복정에서 잤다. 보통은 '시마이(장사 종료)'를 하면
청소를 하고 남녀를 구분하여 각기 방에서 잠을 잤다. 나는 희
야 언니 옆에서 잠을 잤는데 오줌이 마려워 일어났다. 화장실
에 갔다 돌아와 눕는데 이상한 소리가 났다. 찬모 정씨가 자는
방 쪽에서 나는 소리였다.

찬모는 영화에서 본 사랑을 나누고 있었다. 잠이 확 달아

났다. 나는 찬모 위에서 수컷 알다브라코끼리거북처럼 몸을
얹고 터져나오는 교성을 손으로 막으면서 사랑을 나누는 남
자가 누구인지 금방 알 수 있었다. 나는 움직이지 못하고 숨을
죽인 채 정지화면으로 서 있었다. 침도 삼켜서는 안 되는데 자
꾸만 침이 넘어갔다. 침 넘어가는 소리가 어찌나 큰지, 윤초시
가 들을까봐 걱정되었다. 나는 서서 오줌을 싸버렸다.

　어떻게 내 자리로 돌아왔는지 기억이 나지 않는다. 새벽
이 올 때까지 잠들지 못하고 내 촉각은 온통 윤초시와 찬모 정
씨에게로 가 있었다. 아침에 언니들이 바닥청소를 하면서 누
가 엊저녁에 깨끗이 청소해놓은 홀에다 오줌을 쌌다고 궁시
렁거리는 소리를 들었다. 그리고 윤초시는 며칠을 더 머물다
갔다. 윤초시가 갈 때 엄마는 찬모 정씨가 만든 반찬을 한가득
싸 보냈다. 나는 엄마에게 찬모 정씨와 윤초시가 애인 사이라
는 말을 하지 않았다.

　개학을 얼마 앞두고 밀린 과제를 하느라 정신이 없었
다. 윤초시가 죽었다는 부음을 들었다. 아버지는 외삼촌을 데
리고 속초로 내려갔다. 절에서 장례를 치렀는데 스님이 말하
길, 윤초시에게 여자가 있었다는 것이다. 돈이 한푼이라도 생
기면 여자에게 다 보내주고 자신은 약 한 알 사 먹는 것도 아

까워했다고 했다. 그 여자와 살림을 차리고 살지 왜 이러고 사냐고 했더니 그냥 하늘을 한 번 올려다보더니 "나같이 죄 많은 놈이 그런 호사를 누릴 자격이 있어야지요"라고 말하더란다. 병이 깊어지자 마지막을 준비하고는 서울에 올라간 건데, 혹시 뭐 짚이는 데가 없느냐고 외려 아버지에게 묻더라고 했다. 아버지는 한솥밥을 오래 먹었지만 속을 알 수 없는 사람이라며 혀를 찼다.

"절대로 남쪽에서는 아이 만났을 테구, 그렇다믄 내래 아는 사람일 텐데…… 뉘깁지비?"

아버지와 시장 내 실향민들 모두가 궁금해했지만 아무도 내막을 아는 사람이 없었다. 찬모 정씨도 동향 사람이었지만 아버지는 한 번도 찬모를 윤초시와 연관지어 생각해본 적이 없었다. 찬모는 주방 사람이라 눈에 뜨이지 않을뿐더러 조용히 일만 했다. 그러니까 윤초시가 불방에서 쥐고기를 구울 때면 일하다가 불방을 쳐다봤을 뿐 아무도 그들의 관계를 몰랐다. 폭우가 쏟아지던 그 여름밤, 내가 그들의 정사 장면을 보기 전까지는 말이다.

그러나 나는 입도 뻥끗하지 않았다. 왠지 말을 해서는 안 될 것 같았다. 불결한 쥐고기를 구워 먹는 윤초시와 소복정의 정갈한 반찬을 담당하는 찬모와의 사랑은 왠지 삼류 드라마

78

속에 나오는 불륜 같아서 말이다. 그들의 난감한 이야기가 발설되는 순간 찬모와 윤초시의 사랑이 모욕받을 것만 같아 입을 다물어야 한다는 생각이 들었다. 그들이 몰래 한 사랑의 아픔과 외로움이 비아냥과 조롱의 대상으로 씹힐 수 있다는 생각이 들었기 때문이다.

윤초시의 유해는 화장을 했고 위패는 절에 모셔졌다. 윤초시가 죽자, 그동안 한 마리도 얼씬거리지 않던 쥐들이 다시 절에 나타나기 시작했다. 다만 윤초시 위패가 모셔진 대웅전에는 한 마리의 쥐도 얼씬거리지 않았다. 아마도 윤초시는 전생에 쥐와 특별한 인연이 있었던 게 틀림없다.

윤초시가 죽고 얼마 안 돼, 찬모 정씨는 온다 간다 말도 없이 소복정에서 사라졌다. 여태 그렇게 소복정을 그만두는 사람은 없었다. 돈을 훔쳐 달아나거나 문제가 있었던 사람을 제외하곤 말이다. 얌전한데다 반찬을 잘해 소복정의 자랑이었던 찬모 정씨가 말없이 사라지자 다들 무슨 일인가 걱정을 했다. 그러다 새 찬모가 왔고, 정씨는 잊혔다.

한참 후 띵까 영감님을 통해 그녀가 머리를 깎고 비구니가 되었다는 소식을 듣게 되었다. 그녀는 윤초시의 연인이었다. 윤초시가 북쪽에 처자식을 두고 그녀만 데리고 야반도주하듯 내려왔다는 사연도 알게 되었다. 윤초시는 죄책감 때문에 남한에 와서도 정씨와 혼인하여 살지 못했다. 평생을 독신으로 살면서 견우와 직녀처럼 서로를 그리워하며 살았다. 그런 윤초시를 처자식 버리고 온 비열한 놈이라고만 비난할 수 있을지 모르겠다. 오월의 장미꽃같이 품격 있는 사랑만이 사랑일까? 트로트 노래 가사에 나오는 가슴 저리는 사랑에 오열하는 눈물을 어찌 품격 없다고 단언할 수 있으리.

나는 사춘기를 숨겼고 언니는 사춘기를 당당하게 드러냈다. 아직 어린것이 암팡스럽게 벌써부터 성징의 변화가 왔다고 엄마한테 야단을 맞을까봐서였다. 코딱지처럼 튀어나온 젖꼭지를 안 보이게 하려고 러닝을 두 개나 겹쳐 입었다. 부끄러웠다. 총포사 점방에서는 독수리와 부엉이 박제가 새로 들어왔다. 박제된 새들의 몸에서는 쾨쾨한 방부제 냄새가 났다. 그 냄새는 불현듯 기억 속에서 윤초시를 불러냈다.

"언니, 윤초시가 언니한테 갖다줬던 게 뭔 줄 알아?"

언니는 아무렇지도 않게 대답했다.

"토끼 간."

"토끼 간?"

토끼 간이었는지 쥐고기였는지 굳이 밝히지 않겠다. 그리고 나는 엄마에게도 물어보지 않았다. 언니의 답을 듣는 순간, 그동안 언니에게 숨겨왔던 마음이 무의미해졌다. 어쨌든 언니의 눈이 나았으니, 그럼 된 것이다. 사춘기가 온 언니를 이렇게 놔둬서는 안 된다고 판단한 엄마는 총포사 집에서 나와 연건동 근처에다 집을 샀다. 엄마는 소복정에서 숙식하는 것을 그만두고 출퇴근을 택했다.

물론 언니와 나는 종일 엄마를 기다려야 했지만 엄마와 다시 집에서 사는 것이 좋았다. 아이들만 있기에는 집이 너무도 컸다. 하지만 술래잡기 놀이를 할 때는 숨을 곳이 많아 좋았다. 세찬 소낙비가 창문을 때릴 때는 『폭풍의 언덕』을 큰 소리로 읽으면서 무서움을 털어냈다. 민들레 꽃씨가 솜털이 되어 둥둥 떠다니는 봄날에는 나비가 손오공처럼 그 솜털을 타고 날아와주었다. 숨기려 했지만 사춘기의 마음은 때때로 변덕을 부려 언니와 자주 다퉜다.

사춘기의 오르락내리락했던 기분만큼이나 기억의 회로를 드나들었던 윤초시. 오랫동안 내버려둔 수챗구멍에서 올라오는 것 같았던 비릿한 냄새. 그가 늘 질겅거리고 씹었던 숯불에 구운 쥐포 냄새였다. 쥐를 잡아 말려서 구웠다고 믿었던 쥐포였다. 어쨌든 쥐포는 총포사 벽에 매달린 박제동물처

쥐를 잡아 구운 줄 알았던 추억의 맛, 쥐포

오랫동안 내버려둔 수챗구멍에서 올라오는 것 같았던 비릿한 냄새. 그가 늘 질겅거리고 씹었던 숯불에 구운 쥐포 냄새였다. 쥐를 잡아 말려서 구웠다고 믿었던 쥐포였다.

생각해보니 윤초시가 쥐를 잡아 구워 먹었다 해도, 토끼의 간을 구워 먹었다 해도 그건 그리 중요치 않다.

럼 퀴퀴한 냄새를 풍기며 조금씩 부패해가는 이미지로 머릿속에 박힌 음식이었다. 아무리 맛이 있다 해도 쉽게 친숙해지지 않았다. '음식의 맛은 기억 속에 박힌 추억'이라는 말처럼 한 번 각인된 것은 변하기가 어려웠다.

생각해보니 윤초시가 쥐를 잡아 구워 먹었다 해도, 토끼의 간을 구워 먹었다 해도 그건 그리 중요치 않다. 나란히 몸 누일 곳 한 칸 없이 소복정에서 모르는 사람인 척하고 살았어도, 모두가 잠든 그 비가 쏟아지던 밤에 그리움을 이불 삼아 속살로 덮고 사랑을 나누던 윤초시는 그 밤이 그녀와의 마지막 밤이라는 것을 알고 있었을까? 윤초시가 생을 마감하자 찬모 정씨는 비로소 세속의 인연을 털어냈다. 윤초시의 극락왕생을 빌어주고자 부처님께 귀의하기로 결심했던 것 같다.

언니의 별주부가 되어주었던 윤초시, 언니는 지금 이 나이까지도 토끼 간을 먹고 눈이 좋아졌다고 믿고 있다. 윤초시와 찬모 정씨의 아프고 시린 사랑을 한때의 분별없는 불장난으로 치부하고 싶지 않듯, 나도 언니처럼 그렇게 믿고 싶다.

호떡에 담긴 후회,
그리고 키다리 아저씨

호떡은 우리나라의 대표적인 길거리 음식 중 하나다. 밀가루나 찹쌀로 반죽하여 안에 설탕을 넣고 납작하게 눌러 구운 음식이다. 옛 서역인들이 먹던 음식에서 유래했는데, 호떡의 '호' 자가 '오랑캐 호胡' 자로 말 그대로 오랑캐가 먹던 떡이라는 뜻이다.

영미는 중학교에 올라와 친해진 단짝 친구였다. 내가 다녔던 중학교는 돈암동 돌산 아래 언덕배기에 위치한 유서 깊은 미션스쿨이다. 학교는 남북으로 고저의 차이가 심한 구릉지로, 돌산을 깎아 조성한 터에 병풍처럼 둘러싼 분지 안에 들어가 있었다. 산을 깎아 만들어서 도로에서 정문까지는 한

참을 올라가야 했다.

산을 깎으려면 돌산에 구멍을 뚫어 폭약을 설치해 암반을 깨뜨리는 발파작업을 했다. 수업중에도 발파음이 수시로 들렸다. 교실은 흔들렸지만 어느 누구도 위험에 대해 말해주지 않았다. 수업은 계속되었다. 채석장의 굉음에 '성북동 비둘기'만 가슴에 금이 간 게 아니라 학생들의 마음도 돌 깨는 소리에 금이 갔다.

담임선생님은 꽉 막힌 사람으로 요즘 말로 하자면 지독한 꼰대였다. 첫 부임에 담임을 맡은 의욕 과잉 신입 교사였다. 반장에 뽑힌 날, 종례 시간에 담임은 가정환경조사서를 들고 오더니 대뜸 내 이름을 불렀다.

"넌 아버지가 없잖아. 그러니 반장은 황신자한테 넘기고 학습부장을 해."

나는 아버지가 없는 것과 반장이 무슨 관련이 있는지 알 수 없었다. 그놈의 욱하는 성질머리가 튀어나왔다.

"제가 아버지가 없는 건 맞는데요. 그렇다고 급우들이 뽑아준 반장을 그만두라는 건 이해가 가지 않는데요?"

갑자기 출석부가 날아와 머리를 강타했다. 반 아이들이 보는 앞에서 무지막지하게 맞았다. 나는 교무실로 끌려갔고 오랫동안 벌을 섰다. 자분자분하게 설득했더라도 이해하기 어려운 일이었다. 이를 폭력으로 해결한 담임선생님으로 인해 불안하면 입술을 물어뜯는 자해 습관을 갖게 되었다.

맞은 것도 억울했지만 선생님의 체벌 사유가 정당하지 못함이 더 억울했다. 선생님의 처신은 온당치 못했다. 훈육을 방패 삼아 권위를 휘두르고 있었다. 대들고 싶은 마음이 거세게 타올랐다. 차라리 내게 '너희 집이 가난하니 반장을 하지 말아달라'고 부탁했더라면 어땠을까? 종례를 끝내지 못한 반 아이들은 집에 가지 못하고 창밖으로 목을 내민 채, 교무실 쪽을 똥 마려운 강아지처럼 왔다갔다했다. 그때 부반장인 영미가 교무실 문을 열고 들어왔다.

"선생님, 애들이 기다리고 있는데요."

선생님은 아직도 분이 풀리지 않은 표정이었다. 자리에서 일어나 문을 거칠게 열고 나갔다. 영미는 벌서고 있는 내게로 와서 물에 적신 손수건을 내밀었다.

"수위실 앞에서 기다리고 있을게."

그날 나는 교무실에서 얼굴이 빨개지도록 손찌검과 구타를 당했다. 당시 체벌은 일상적인 일이었기에 교무실 안의 선생님들은 그저 무심히 바라볼 뿐이었다. 더 기가 막힌 것은 그날의 일로 선생님들은 나를 당돌하고 버릇없는 아이로 낙인을 찍어버렸다는 사실이다. 생각을 말했을 뿐인데 불경스러운 아이로 찍혔다. 억울해서 몇몇 선생님께 신문고를 두들겼지만 오히려 건방지다는 소리를 들었다. 담임의 부당한 요구는 사라지고 불손한 태도를 보였다는 비난을 뒤집어썼다. 학교의 부당한 처사에 나는 점점 공격적인 아이가 되어갔다. 우리 식구 모두가 벽돌을 나르며 지었던 교회에도 나가지 않았다.

톨스토이는 주위를 살펴보면 나만을 위해 살기엔 일생이 너무 기니 남에게도 관심을 가지라 했다. 그러나 선생님들은 살필 주위가 없는 것인지 아니면 일생이 너무도 짧은 것인지 관심은커녕 지독히도 냉정했다. 그러고도 우린 언제나 기도로 수업을 시작했다.

영미는 자기 집에 들러 얼굴의 상처부터 치료하자고 했다. 그런 몰골을 엄마에게 보이기보다는 차라리 영미네 집에 가서 얼굴에 난 멍자국이라도 지우고 가는 게 나을 것 같았다. 영미의 집은 미아리고개를 넘어 고명상고가 있는 언덕에 있었다. 온몸이 쑤셔 가방을 들지 못하자 영미가 대신 들어주었다. 미아리고개는 큰대자로 뻗어 비스듬히 누워 있었다. 오르는 데 시간이 걸렸다. 속에서 천불이 올라왔다. 걷고는 있었지만 발이 그저 자국을 뗄 뿐이었다. 내게는 과분한 자리였는지도 모른다는 생각이 들었다.

'그냥 학교만 다니면 된다. 굳이 하지 말라는 걸 할 필요가

뭐가 있어.'

마음 정리를 하고 나니 울고 싶은 마음이 좀 덜해졌다. 개나리를 움트게 한 봄햇살은 노랗게 아우성을 지르며 그림자를 만들고 있었다. 그림자는 걸음을 옮길 때마다 관절을 꺾으며 비틀거렸다.

영미는 나보다 덩치는 작았지만 맏딸이라 어른스러웠다. 걸어오는 동안 물에 적신 손수건을 얼굴에 대주었다. 차가워야 상처가 가라앉고 부풀어오르지 않는다고 했다. 나는 영미가 시킨 대로 손수건을 뒤집어가며 얼굴에 댔다. 하교 시간이 지나서인지 미아리고개를 넘어가는 동안 학생들은 보이지 않았다. 모자를 눌러쓴 아저씨는 자전거 페달을 죽어라 밟고 있었다. 낡은 자전거 바큇살이 회전하면서 철퍼덕거리는 금속성 외침이 들렸다. 뒤에 실린 쌀의 무게가 꽤나 나가는 것 같았다. 영미와 나는 자전거를 힘껏 밀어주었다. 그제서야 자전거는 서둘러 앞으로 나갔다. 배가 고팠다. 하지만 나도 영미도 참을성 있게 걸어갔다.

그때 영미가 "우리 호떡 먹고 갈래?" 했다. 내겐 회수권만 있을 뿐 돈이 없었다. 영미는 허름한 호떡집으로 들어갔다. 호떡은 뜨거웠다. 입술을 데지 않으려고 빵빵하게 부풀어

1부 가난한 집 딸아들은
자라서도 서로를 알아보기에

오른 호떡을 호호 불어가며 먹었다. 설탕물이 줄줄 흘렀다. 손
등에도 흘렀고 교복에도 묻었지만 흘린 설탕물까지 핥아먹었
다. 호떡은 속상했던 마음을 풀어주었다. 얼굴에 손수건을 대
지 않아도 따갑지 않았다. 어느새 집에 도착했다.

영미 어머니는 벌겋게 부어오른 내 얼굴을 보더니 밀가루
에다 꿀을 개어 얼굴에 발라주셨다. "에구머니나"라며 영미
아버지는 장난스러운 말투로 놀렸다. 그 때문에 쭈뼛거리지
않았던 것 같다.

그날 이후로 나는 영미네 집을 풀방구리에 쥐 드나들듯
했다. 물론 그 사건 이후로 반장은 그만두었다. 반장이 할 일
보다도 반장 어머니가 할 일이 더 많다는 담임선생님의 철학
이 확고했기 때문이었다.

추수감사절이 왔다. 미션스쿨이었던 우리 학교
는 추수감사절과 부활절, 성탄절 행사를 중요하게 여겼다. 담
임선생님은 헌금은 적어도 500원 이상은 내야 한다고 강조했
다. 못 낼 사람은 손을 들라고 했다. 아무도 손을 들지 않았다.
선생님은 만족한 얼굴로 종례를 마쳤다.

엄마는 500원을 주지 않았다. 헌금은 정해진 게 아니니
형편껏 내야 한다며 200원만 주셨다. 엄마는 늘 늦은 저녁시

간에 떨이로 파는 과일을 사왔다. 그렇게 부탁했건만 엄마는 추수감사절 예물도 떨이 과일을 사왔다. 사과는 군데군데 멍이 들어 있었다.

"과부 혼자서 가르치기도 힘든데, 비싼 거 못 산다. 주님께서는 내 마음 다 아신다."

엄마에게 따져봐야 소용없었다. 교탁 위에는 과일을 담는 바구니와 헌금 바구니가 각각 놓여 있었다. 선생님과 반장은 감사예물과 헌금을 체크했다. 이미 몇몇 아이들은 기준에 미달이 되어 걸렸다. 교실 한쪽 귀퉁이에서 잔뜩 주눅든 얼굴로 서 있었다. 드디어 내 차례가 되었다. 선생님은 그럴 줄 알았다는 듯이 멍든 사과를 돌려가며 보았다. 그러고는 어이없다는 표정을 지었다. 지휘봉으로 이마를 서너 번 밀었다.

"주님의 은혜에 감사할 줄 모르네? 헌금은?"

"없습니다."

엄마가 헌금을 하라고 준 200원이 있었지만 나는 없다고 했다. 어차피 500원을 못 낼 바에야 차라리 없다고 하는 게 낫다는 생각이 들었다.

멍든 사과를 예물로 냈고 헌금을 내지 않았다는 이유로 나는 주님의 은혜에 감사할 줄 모르는 사탄의 자식이 되었다. 운동장을 도는 기합과 계단 오르기 얼차려를 받았다. 그러고

90

도 모자랐는지 추수감사절 행사 후 깎아 먹은 과일 쓰레기를 치우는 벌까지 받았다. 나는 엄마에게 새벽기도에서 내 기도는 빼달라고 부탁했다. 엄마는 내가 시험에 들었다며 야단을 쳤다. 그럴수록 더 빡세게 기도해야 한다면서 교인들에게 기도를 부탁했다.

나는 내지 않은 감사헌금 200원으로 영미에게 호떡을 샀다. 손바닥만하게 큰 호떡 서너 개를 먹자 배가 불렀다. 호떡은 지금처럼 기름에 튀기지 않고 움집처럼 생긴 진흙 화덕에다 구웠다. 긴 막대기 뒤집개로 화덕 안에서 구워지는 호떡을 꺼내주었다. 작은 호떡은 화덕 안에서 접시만하게 부풀어 나왔다.

백열전구가 절간의 풍경風磬처럼 매달려 있던 어둡고 침침한 동굴 같은 호떡집이었다. 낡아빠진 양은쟁반에다 호떡을 담아주었다. 뜨거운 호떡을 베어 물면 먹물 같은 검은 설탕물이 줄줄 흘렀다. 혀가 델 정도로 뜨거웠지만 뜨거울수록 맛이 있었다. 호떡집을 자주 드나들다보니 호떡처럼 몸을 낮추어야, 뜨거워도 견뎌야 단것이 입속으로 들어갈 수 있다는 것을 조금씩 깨닫게 되었다.

처음엔 부끄러워서 숨고만 싶었는데 벌도 자주 받으니 하나도 부끄럽지 않았다. 오히려 호기가 생겼고 의협심마

억울함과 분과 함께 삼킨
내 어린 날의 호떡

호떡집을 자주 드나들다보니 호떡처럼
몸을 낮추어야, 뜨거워도 견뎌야 단것이 입속으로
들어갈 수 있다는 것을 조금씩 깨닫게 되었다.

저 일었다. 사람은 휘둘릴수록 강단이 생긴다고 선생님께 구박받을수록 주먹이 더 불끈 쥐어졌다. 선생님은 그런 내가 더 얄미웠는지 글씨를 조금만 삐뚤게 써도 오답 처리를 했다. 그럴수록 더 열심히 공부했다. 성적은 늘 상위권을 유지했다. 학교의 규칙을 지키고자 노력했다. 그리고 3학년 때 전국 웅변대회에 나가 1등을 했다. 그걸 연유로 전교 학생회장 선거에 나갔고, 당선이 되었다.

　　3학년이 되자 영미와 반이 달라졌다. 중간에 있는 매점에서 만나 수다를 떨었고 군것질을 했다. 그때 우리에게 최고의 군것질거리는 튀김만두였다. 잡채만 들어간 만두였는데 봉지 안에는 누렇게 산패된 기름이 줄줄 흘렀다. 그럼에도 한창 먹성이 좋았던 나이라 만두의 인기는 최고였다. 매점은 튀김만두를 찾는 학생들로 붐볐다. 학교를 파하면 영미를 만났고 미아리고개를 넘어 집으로 놀러 갔다. 호떡 한두 개쯤은 게 눈 감추듯 먹어치웠고, 저녁밥 한 공기도 거뜬히 비웠다.

영미 아버지는 길음시장 상가번영회 회장이었다. 영미네 집은 넉넉한 편이었고 자식들이 오남매였다. 막냇동생이 태어난 날의 기억이 아직도 생생하다. 영미와 막 집에 들어서는데 영미 엄마가 산통을 치르고 있었다. 영미는 조금도 놀라지 않고 부엌에 들어가 물을 끓였고, 익숙하게 산파 노릇을 했다. 영미는 내게 아기 씻길 대야를 깨끗이 닦으라고 했다. 영미는 방으로 들어갔고 얼마 안 있어 아기가 태어났다. 영미는 막내를 자기 손으로 받았다. 가위를 물에 펄펄 끓인 후 알코올을 부어 소독했다. 영미는 너무도 익숙하게 탯줄을 실로 감은 후 잘랐다. 그러곤 자른 부위에다 아까징끼(소독약)를 부었다.

나는 엉겁결에 아기 낳는 장면을 보았다. 영미 어머니는 모든 힘을 쏟아부어서인지 기진맥진해 잠이 들었다. 영미는 담가놓은 미역으로 국을 끓였다. 물에 불린 미역은 갓 태어난 아기의 머리같이 검고 축축했다. 영미는 동생들과 유대감이 깊었고 어른스러웠다. 언니이고 누나였지만 엄마 같은 존재였다. 영미는 학교에 다니면서 엄마의 산바라지를 했다. 그러고는 어린 동생을 씻기고 재웠으며 밥을 했다.

아버지는 영미에겐 친구 같은 분이었다. 나는 아버지가 일찍 돌아가셨기에 그런 영미가 한없이 부러웠다. 영미 아버지는 옥상에서 고기도 구워주었고, 식당에 데려가 놋쇠 불판에서 굽는 불고기도 사줬다. 누려보지 못했던 것을 영미로 인해 받는 게 고마웠다. 그러나 한편으론 미안했다. 달큰한 불고기를 먹으면서 소복정에서 고기를 구워주던 아버지를 떠올렸다. 오랫동안 잊고 있었던 아버지였다.

영미가 아버지와 옥상에서 천체망원경으로 별자리를 찾으며 두런두런 대화하는 모습이 부러웠다. 혼자서 아버지가 옆에 있는 척 연기를 한 적도 있었다. 딱 한 번만이라도 아버지를 만날 수 있다면 별자리를 찾으며 하루를 지내고 싶었다. 달이 높이 떠오르자 별들은 점점 낮아지면서 마치 폭죽이 터지듯 아래로 떨어졌다. 나는 아버지별을 정했다. 그러고는 그 별에 눈도장을 찍었다. 매일 쳐다보면 언젠가는 익숙해져서 금방 알아보게 될 것을 기대했다.

영미네 집 옥상에서 바라보는 밤하늘은 꽤나 인상적이었다. 그날 이후로 나는 틈날 때마다 밤하늘을 쳐다보았다. 하늘은 맑을 때도 있었지만 흐릴 때도 있었다. 칠흑 같은 어둠 속에서도 빛은 명멸했다. 단지 멀어서 안 보일 뿐 별은 먼 우주에서 계속 빛을 보내고 있다고 했다. 느끼지 못할 뿐이지 보이지 않는다고 해서 빛을 보내지 않는 게 아니라는 것이다. 그렇다면 지금 아버지가 곁에 없다고 해서 없는 게 아니라는 말과 같았다. 하늘에서 지켜보고 있다면 왜 이렇게 힘들게 살도록 내버려두는지 알 수 없었다. 그리운 만큼 원망도 컸다.

장미는 제 홀로 붉다못해 열정이 넘쳐서 가시를 만들

어낸다. 뭐든 지나침은 모자람만 못했다. 엄마는 고등학교까지만 가르쳐주면 대학은 알아서 가라고 했다. 그러니 학교에서 임원이니 뭐니 그런 것까지는 밀어줄 수 없다는 말이었다. 그러나 나의 철없는 욕심은 집안 형편을 모르고 언감생심 2학년 때 그런 수모를 겪었음에도 덜컥 학생회장이 되었으니 사달이 나고 말았다.

학교에서 행사가 있을 때마다 임원의 엄마가 와서 밥을 사거나 행사에 찬조금을 내야 하는데, 엄마는 그런 걸 해줄 분이 아니었다. 물론 그럴 여유도 없었다. 그래서 임원은 돈 많은 집 애들이 해야 한다고 2학년 때 담임선생님이 그렇게도 강조했는지 모른다. 하지만 죽으란 법은 없었다. 왼손이 한 일을 오른손이 모르게 하라는 말씀은 성경에만 있는 줄 알았다. 내게는 키다리 아저씨가 있었다. 영미 아버지였다.

학생회장은 졸업할 때 기념이 되는 물건을 기증하고 나가는 전통이 있었다. 내게 떨어진 하명은 중앙 현관에 나무로 장식된 대형 거울을 준비하라는 것이었다. 엄마에겐 말해봤자 씨도 안 먹힐 테고 고민 끝에 작은아버지를 찾아갔다. 자초지종을 말씀드렸다. 작은엄마와 다투는 소리가 들렸다.

"돈을 주면 또 찾아올 텐데 그걸 감당할 수 있냐구요?"

말없이 작은집을 나왔다. 사촌오빠가 불렀지만 뒤돌아보

지 않았다. 선생님들의 눈치를 볼 생각을 하니 아찔했다. 상처 받았던 일들이 떠올라 두려웠다. 마음이 잔뜩 얼어붙어 있던 나에게 영미가 찾아왔다. 며칠 후 학교로 화려한 나무장식이 달린 대형 거울이 배달되었다. 거울 하단에는 내 이름이 적혀 있었다. '기증'이라는 글자가 선명하게 보였다. 키다리 아저씨 가 보내주신 것이었다.

졸업식날, 우등상과 공로상을 받았다. 영미 아버지는 내 목에다 꽃다발을 걸어주셨다. 영미 아버지는 연한 새순을 키 워준 따뜻한 햇살이었다. 새순을 키워 묘목으로 만들어주었 다. 나도 모르게 눈물이 났다. 참으려 했지만 계속 눈물이 흘 렀다. 그날 내내 울다가 웃다가를 반복했다. 졸업식날 위축 되지 않고 행사를 치를 수 있었던 것은 키다리 아저씨 덕분이 었다.

고등학교에 진학했고 영미와 나는 학교가 달라졌 다. 학교가 다르니 만나는 횟수가 뜸해졌다. 방학이 되면 만났 지만 점점 횟수가 줄어들었다. 고3이 되자 입시 준비로 만나 지 못했다. 그리고 대학생이 되었다. 젊음은 하고 싶은 걸 하 게 만드는 청춘의 나이였다. 눈에 보이는 건 죄다 소유하고 싶 었지만, 능력은 그렇질 못했다. 앞날은 확실한 청사진을 펼쳐

보여주질 않았고, 주머니는 늘 비어 있었다. 시간은 도도하게 잘도 흘러갔다.

수업을 마치면 2번 버스를 타고 미아리고개에서 내려 호떡집에서 데이트를 했다. 학교 부근에서 데이트하다 들키면 소문이 나니, 멀리서 만나자는 심산이었다. 그의 집은 종암동이었고 우리는 가난한 연인이었다. 그러니 미아리고개 호떡집은 만나는 장소로 제격이었다. 게다가 둘 다 호떡을 좋아했다. 옛날, 영미와 자주 갔던 호떡집이었다. 그와 데이트할 때마다 영미 이야기는 빠진 적이 없었다.

탁자엔 이곳을 다녀간 무수한 사람들의 이름으로 흠집이 가득했다. 사랑의 굳은 맹세를 세 글자 이름으로 새겼겠지만 세월이 지난 후, 그들의 가슴엔 무엇이 남아 있을까? 사랑은 끓는 물과 같아서 수시로 변했다. 변하는 것이 당연한데 불변을 추론하려는 증명은 가장 어리석은 짓이었다. 한 치 앞도 모르는 게 인생인데 영원을 기약하려는 기대야말로 가장 유치했다. 맞다. 사랑은 유치하고 촌스러울수록 빠져들게 했고 눈멀게 했다. 좁은 의자에서 몸을 밀착해 열기에 속이 터져 설탕물이 줄줄 흐르는 호떡을 입에 넣었다. 끈적거리는 검은 설탕물이 입술에 묻었다. 입맞춤하듯 입술을 쪽쪽 빨았다.

쥔장은 계속해서 방금 구워낸 뜨거운 호떡을 가져다주었

1부 가난한 집 딸아들은
자라서도 서로를 알아보기에

다. 연탄을 새로 갈았는지 생연탄 타는 냄새가 났다. 머리가
아팠다. 두통은 호떡 맛을 앗아갔다. 누런 봉지에 호떡을 담고
는 일어섰다. 미아리만 오면 뭉클해지는 기억의 정체가 떠올
랐다. 영미였다. 영미를 찾아야겠다는 생각이 들었다. 영미가
살았던 동네를 뒤졌다. 그러나 지나가버린 시간은 영미의 흔
적을 쉽게 알려주지 않았다.

가을의 끝자락 11월쯤이었던 것 같다. 경제적으로 힘
들던 시기였다. 산동네를 벗어나지 못하고 어렵게 살던 때였
다. 위경련이 심해 병원에 다녔다. 그러다 수원의 한 병원 원
무과에서 영미를 만났다. 영미는 어머니 병원비를 내지 못해
곤욕을 치르고 있었다. 행색을 보니 고생이 이만저만이 아니
었다. 영미가 먼저 말하지 않아도 눈치챌 수 있었다. 이번엔
내가 손을 내밀어줄 차례였다. 하지만 나도 형편이 어려웠다.
영미에게 선뜻 돈을 내놓을 처지가 못 되었다.

영미와 병원 근처의 식당에서 갈비탕을 먹었다. 병원비로
쓰려고 가져간 얼마 안 되는 돈을 영미에게 쥐여주고 허둥지
둥 식당을 빠져나왔다. 나의 무능함과 치사스러움에 치를 떨
었다.

"엄마 퇴원을 못 시키고 있어."

가난한 연인들의 미아리 호떡집

우리는 가난한 연인이었다. 그러니 미아리고개
호떡집은 만나는 장소로 제격이었다. 게다가
둘 다 호떡을 좋아했다. 옛날, 영미와 자주 갔던
호떡집이었다. 미아리만 오면 뭉클해지는 기억의
정체가 떠올랐다. 영미였다.
영미를 찾아야겠다는 생각이 들었다.

버스를 타고 오는데 그 말이 메아리처럼 귀 안에서 맴돌 았다. 나는 그날 영미에게 병원비에 대한 약속을 하고 헤어졌 어야 했다. 하지만 영악한 나는 그러지 않았다. 돈을 구하지 못하면 어쩌나 하는 계산이 앞섰기 때문이었다.

영미 아버지는 나에게 대가를 바라지 않고 키다리 아저씨 가 되어주었다. 그러나 나는 머리털 검은 짐승이었다. 영미의 딱한 처지를 알고도 어머니의 병원비를 대주지 못했다. 어려 움을 보고도 외면한 것은 사람으로서 할 짓이 아니었다. 영미 는 내게 어떤 연락도 하지 않았다. 돈을 마련하느라 시간이 좀 걸렸다. 뒤늦게 병원으로 달려갔지만, 영미의 소식은 어디서 도 들을 수가 없었다.

호떡을 볼 때마다 용서를 떠올린다. 다시 시간을 되 돌릴 수 있다면 얼마나 좋을까. 돈을 구할 때까지 조금만 기다 려달라고 솔직하게 말했더라면 영미를 잃지 않았을 텐데. 자 책하며 가슴을 쳤다. 호떡은 뜨거울 때 들고 고루 베어 먹어야 소가 흐르지 않고 온전하게 먹을 수 있다. 그러나 한쪽만 들고 먹으면 설탕물이 흘러 손에도 묻고 옷도 적신다. 내 삶도 그랬 다. 모든 것은 때가 있다고, 나는 은혜를 갚을 기회를 놓친 것 이다. 후회했지만 소용없는 일이었다.

참회와 용서의 호떡

호떡을 볼 때마다 용서를 떠올린다. 호떡은 뜨거울
때 들고 고루 베어 먹어야 소가 흐르지 않고 온전하게
먹을 수 있다. 그러나 한쪽만 들고 먹으면 설탕물이
흘러 손에도 묻고 옷도 적신다. 내 삶도 그랬다.
모든 것은 때가 있다고, 나는 은혜를 갚을 기회를
놓친 것이다.

며칠 전 영등포역 근처를 지나다가 호떡집을 보았다. 기름에 튀기는 호떡이 아니었다. 둥글게 생긴 가스 화덕에다 넣고 굽는 호떡이었다. 오랜만에 보는 호떡이라 반가웠다. 뜨거우니 쥐고 먹으라고 쥔장은 호떡을 종이에 싸주었다. 종이를 뺐다. 뜨거워도 손에 쥐고 호호 불면서 먹는 게 호떡이니까. 뜨거운 호떡은 제 뱃속에 든 설탕을 녹이려고 땀을 줄줄 흘렸다. 손에 설탕물이 묻어 끈적거렸지만 상관없었다. 이렇게 먹는 게 호떡이었다.

성가병원에 봉사가 있어 미아리고개를 넘었다. 고개를 오르면서 기어를 변속했다. 산 아래로 내가 다녔던 학교가 보였다. 선생님의 폭력 앞에서 수치스러웠던 옛 기억이 떠올랐다. 머리 숙이는 걸 싫어하는 사람을 때려서 고개를 떨어뜨린다면 그것은 숙이게 한 게 아니라 꺾은 것이다. 내가 체벌의 무안함과 초라한 모습에 힘들어할 때 영미가 몰래 쥐여주었던 손수건이 떠올랐다. 그 손수건으로 얼굴을 감싸고 이 고개를 올라갔었다. 개발이라는 욕망의 이름으로 지어진 아파트 단지는 지네발처럼 꿈틀거렸다. 언덕 위에는 집들도 가로수처럼 가지치기를 했는지 삐뚜름하게 지어진 건물이 드문드문 보였다.

50년의 세월은 주변의 계딱지 같았던 산동네 집들을 반듯한 아파트로 바꿔놓았고, 하얀 깃대를 펄럭이며 소도蘇塗를 이루고 있었던 많은 점집들을 사라지게 했다. 하지만 고개는 여전히 키다리 아저씨처럼 듬직한 모습이었다. 차가 유턴하여 우회전을 할 때까지 신호등은 바뀌지 않고 그대로였다. 바삐 사는 데 길들여져 고마움을 잊고 살아온 나에게 잠시 돌아보라고 신호등이 묵직하게 사인을 보내는 것 같았다.

살아생전에 다시 만날 수 있을지 기약할 수 없는 영미, 이번 성탄 판공성사에는 영미에게 지은 죄를 참회해야겠다는 생각이 들었다. 어떤 보속補贖이라도 달게 받으리라. 미아리고개는 등뼈를 곧추세운 채 오후의 나른함을 경계하고 있었다. 나는 브레이크에 발을 얹은 채 아주 천천히 언덕을 내려갔다.

1부 가난한 집 딸아들은
자라서도 서로를 알아보기에

2부

결혼,
실망을 끌어안고 계속 살아가기

아버지의 여자,
현풍댁과 갱죽

드라마 〈우리들의 블루스〉에 '옥동'이라는 인물이 나온다. 그녀는 한 남자의 첩이 된다. 자식을 굶길 수 없는 눈물의 모정이다. 남자는 죽은 남편의 친구다. 첩살이 가는 옥동을 아들이 가지 말라며 붙든다. 옥동은 아들의 뺨을 때린다. 덧붙여 비수 같은 말을 던진다.

"앞으로는 에미를 '작은어멍'으로 불러라."

마음이 수천 갈래로 찢어졌지만 배움 없고 가난한 여인의 생존법은 첩살이였다. 게다가 15년간 몸져누운 본부인의 병수발을 드는 몸종으로 살아간다. 아들은 첩살이하는 엄마를 증오한다. 하지만 천륜인 모자관계는 남이 될 수가 없었다. 세상에서 가장 가까운 사람이 엄마다. 그런데 아들은 엄마의 사랑을 제대로 받지 못했다. 아들에게 엄마는 자신을 가장 힘들게 하는 존재였다. 아픔과 상처로 얼룩진 엄마와 아들 관계이다. 연민과 미움이 교차하는 모자지간의 애증은 하루에도 수십 번 지옥을 오가게 한다.

아버지는 한 번 집을 나서면 반년 세월이 지나야 들어왔다. 혼자가 아니라 고등어 한 손처럼 여인을 꿰차고 들어왔다. 엄마는 다듬이질로 옥양목 홑청이 가슬가슬하게 이불을 꾸며놓고 아버지를 기다렸다. 그러나 엄마는 그 이불을 덮고 아버지와 같이 잠들지 못했다. 오랜만에 돌아온 아버지와의 해후는 늘 가족들에게 불화와 불안감을 안겨주었다.

"어디서 왔노?"

엄마의 짧고 싸늘한 물음에 젊은 여인이 고개 숙여 답했다.

"현풍임니더."

여자는 현풍댁으로 불렸다. 이모들은 "첩년이 낯짝도 두껍게 여기가 어디라고 왔냐"며 입을 비쭉댔다. 엄마는 당신의 남자인 줄 알았던 남편을 잃었다. 남편이 다른 여자의 남자라는 사실을 받아들이기까지 엄청난 고통의 시간을 견뎌내야 했다.

엄마는 자식들을 키우기 위해 이혼 대신에 시앗의 존재를

108

2부 결혼,
실망을 끌어안고 계속 살아가기

인정했다. 그후부터 아버지는 자연스럽게 여자들을 데려와 엄마에게 큰절을 시켰다. 그렇게 데려온 여자가 한두 명이 아니었다. 아버지는 집 근방 4～5킬로미터 내에 여자들의 거처를 마련했다. 마음 가는 대로 하루는 이 집, 다음날은 저 집 시앗들의 집을 번갈아가며 드나들었다. 엄마에게는 치가 떨리는 일이었다. 시간이 흐르자 여인들 간에 자연스럽게 위계가 정해져 제 나름의 질서가 유지됐다.

그중 현풍댁으로 불린 시앗이 뇌리에 남아 있다. 이모들과 집안을 드나드는 외가 사람들은 그녀를 첩년이라고 대놓고 무시했다. 사람들도 여자를 아무렇지 않게 첩년이라 불렀다. 하루는 학교에서 집에 왔는데 아무도 없었다. 현풍댁, 그 여자가 뒤쪽에서 빨래를 널고 있었다. 여자에게 말을 건넸다.

"첩년요. 언니는 아직 안 왔어예?"

여자는 잠시 물끄러미 바라보더니 부드럽게 말했다.

"나를 그래 불러선 안 된다. 작은엄마라고 부르그래이."

식구들이 여자를 '첩년'으로 불렀는데 '작은엄마'라고 부르라니 생경스러웠다. 몇 년간 소식 없이 지내다 다짜고짜 찾아와 친한 척하는 사촌처럼 뻔뻔스럽고 낯선 주문이었다. 나는 종종걸음을 치며 도망쳤다. 무슨 일이 있었는지 아버지는 현풍댁을 찾지 않았다. 그러자 여자는 우리집에 머무는 시간이 많아졌다. 스스럼없이 집안일을 거드는 그녀를 볼 때마다 엄마는 땅이 꺼지듯이 한숨을 쉬었다. 그러나 대놓고 뭐라 하진 않았다.

밖에서 놀다보면 밥물이 흘러넘쳐 타는 구수한 밥냄새가 풍겼다. 저녁시간인 것이다. 결혼 후 나도 내 살림을 차리고 가족을 위해 밥을 지었다. 밥솥에서 올라오는 갓 지은 밥냄새를 맡을 때마다 내 안에서 곰삭아 감히 꺼내기가 망설여지는 옛 기억이 떠올랐다.

집은 항상 외가 식구들로 들끓었다. 이모들이 오면 몇 달씩 머물렀다. 아버지에게 읍소한 사연이 해결되어야 짐을 쌌다. 대식구가 밥을 먹어대니 쌀 한 가마니를 들여놓기가 무섭게 사라졌다. 쌀을 아껴야 했던 할머니는 낮에는 갱죽을 끓였다.

갱죽은 밥에 야채를 넣어 끓인 죽 요리다. 갱죽에 들어가는 재료는 딱히 정해진 것은 아니다. 냄비에 참기름을 두르고, 김치를 종종 썰어넣는다. 이 상태에서 볶다가 찬밥을 넣어 섞는다. 국물은 맹물보다는 된장을 풀거나 멸치육수를 넣고 끓인다. 이때 콩나물을 넣은 바닥에 밥이 눌어붙지 않도록 주걱으로 살살 젓는다. 콩나물이 어느 정도 익으면 대파와 풋고추,

붉은 고추를 넣고 소금과 간장으로 간을 맞춘다. 이때 양을 늘리려고 떡이나 수제비, 국수를 넣기도 한다. 갱죽은 일반적인 죽에 비해 국물이 구수하고 얼큰하다. 밥을 너무 많이 넣지 않아야 후룸하게('국물이 멀겋다'는 뜻의 방언) 국물이 있어 죽이 빽빽하지 않다.

갱죽은 갱시기, 밥국, 밥시기라고도 한다. 충북에서는 갱싱이죽, 경북에서는 콩나물갱죽이라고 한다. 갱죽은 한 지역에서만 먹는 게 아닌 전국적인 음식이다. 사연과 내용물은 비슷하지만 이름이 다양한 이유다. 먹고 남은 밥을 활용하여 만드는 갱죽은 1970년대에 흔히 볼 수 있었다. 식구가 많은 집에서는 남은 밥에 콩나물이나 김치, 시래기 등을 더 섞은 뒤 물을 많이 붓는다. 이렇게 양을 늘리는 방식으로 끼니를 해결하곤 했다.

할머니도 찬밥에 김치를 쫑쫑 썰어넣고 콩나물을 듬뿍 넣었다. 더운 여름날, 김이 펄펄 나는 갱죽을 먹는 게 싫었다. 하지만 아버지 보기가 미안하다며 할머니는 계속해서 낮엔 수제비나 칼국수, 갱죽으로 식사를 대신했다.

잔뜩 습기를 머금은 대지에서 흙냄새가 짙게 풍겼다. 땅은 사람보다 먼저 장마를 예감했다. 엄마의 인생에서 장마

대식구의 배를 채우기 위한 화수분,
갱죽

먹고 남은 밥을 활용하여 만드는 갱죽은
1970년대에 흔히 볼 수 있었다. 식구가 많은 집에서는
남은 밥에 콩나물이나 김치, 시래기 등을 더 섞은 뒤
물을 많이 붓는다. 이렇게 양을 늘리는 방식으로
끼니를 해결하곤 했다.

인 그 여자가 우리집에 온 것은 7월도 거의 끝나갈 무렵이었다. 아직 뜨지 못한 낮달 뒤에 숨은 노을이 넘어가려고 숨을 헐떡이는 저녁때였다. 그날따라 엄마는 아버지와 심한 언쟁을 벌이고는 종일 심란한 표정을 짓고 있었다. 하늘도 엄마처럼 심기가 불편했던지 열받은 붉은 얼굴이었다. 하늘은 뻘겋게 물든 노을로 하루를 마감했다.

여자가 오고 얼마 되지 않아서 장마가 시작됐다. 종일 내리는 소낙비에 온 집안은 찐득거리고 습기로 가득찼다. 여자는 대낮에도 불을 켜야 간신히 보이는 컴컴한 부엌방에서 기거했다. 물을 마시려고 부엌에 드나들 때마다 여자와 눈이 마주쳤다. 여자는 잰걸음으로 나와 찬물을 따라주었다. 이웃들이 갖다준 떡(절편)을 먹지 않고 두었다가 밤이면 떡볶이를 만들어주었다. 여자가 만들어준 음식은 죄다 맛있었다. 여자의 친절과 호의를 받아들이는 것이 엄마한테 미안하다는 생각이 들었지만 혀의 유혹이 더 컸다. 그렇게 시간이 흘러 입동도 지났다. 어느 순간 창에 드는 햇볕의 따뜻함을 알아버린 새끼고양이처럼 여자가 만들어주는 야식을 밤마다 기다리게 되었다.

여자의 손맛은 할머니가 만들어주는 음식의 맛과는 전혀 달랐다. 주렁주렁 매달린 포도를 따서 잼을 만들어주었다. 밀가루로는 수제비와 국수만 만들 줄 알았던 할머니에게 여자는 빵을 만들어 고급스러운 서양 빵맛을 보여주었다. 엄마에게는 미운 시앗이었지만 우리는 여자를 좋아하게 되었다. 여자의 살뜰한 솜씨는 미움을 물러가게 했다. 할머니도 여자를 구박하지 않고 부엌에서 같이 음식을 만들었다.

"모든 게 늬 애비 잘못인 기라. 아비 없이 자란 불쌍한 처자를 데려다 이 꼬라지로 맹글어놓고 돈단무심頓斷無心(무언가를 도무지 탐탁하게 여기는 마음이 없다는 뜻)하는 니 애비가 천벌을 받을 놈이제."

세상 모든 일은 혼자의 힘으로 되는 것이 아니다. 저절로 이루어진 것은 하나도 없다. 여자가 선택한 사랑은 부정父情에 대한 그리움이었던 것 같다. 엄마는 여자를 볼 때마다 "아직 젊은데 인생을 허비하지 말고 좋은 남자에게 시집을 가라"며 등을 떠밀었다. 여자는 무슨 미련이 있었던지 아버지가 쳐다보지도 않는 첩살이를 1년 정도 했다. 냉정한 아버지보단 엄마에게 잘 보이려고 무던히도 애를 썼다. 그러나 엄마에게 여자는 그저 아버지가 데리고 온 첩년들 중 한 명에 불과했다. 엄마는 아버지로 인해 심한 애증을 겪다보니 미모사처럼 예민해져 "사랑 따윈 개나 주라"며 혀를 찼다.

우리 세 자매 역시 마찬가지였다. 아버지의 여자들로 인해 학교와 동네에서 부끄러움과 치욕을 겪었다. 지울 수 없는 분노를 간직해야 했다. 할머니와 이모들은 처음엔 엄청나게 화를 냈다. 그러나 아버지만이 집안에 도움을 줄 수 있는 유일한 사람이었기에 고통스러워하는 엄마를 오히려 다독이는 데 앞장섰다.

"보래이. 칼 차면 말 타고 싶다고 이서방이 바람은 피워도 가족은 먹여살리지 않나. 그카이까 참으래이. 아이들을 생각해서 니만 참으면 된다."

할머니와 이모들의 충고가 없었어도 엄마는 참았을 것 같다. 당신만 참으면 자식들과 가난한 친정 식구들이 그럭저럭 살아갈 수 있기 때문이었다. 자의 반 타의 반 바람둥이 남편의 부정한 행실을 눈감아주는 대가로 엄마는 호강을 누렸다. 덕분에 가장 이득을 보는 건 외가 쪽 식구들이었다. '내 코가 석자'라는 외가 쪽 식구들의 암묵적 이기심은 단합하여 엄마를 위로했다.

아버지의 바람기는 엄마를 철저히 자식만을 위해 살게 했다. 엄마는 아버지의 바람기에는 체념했지만 첩들이 낳은 자식만은 인정하지 않았다. 엄마의 호적에 입적하는 것을 거부했다. 그 때문에 아버지와 심한 언쟁을 벌였지만, 엄마의 고집을 꺾을 수 없었다. 당신이 낳은 아들만이 장남으로 호적에 남기를 바랐던 엄마는 어떤 난관에도 강력히 저항했다.

일력을 한 장 넘기면 하루가 바뀌는 날마다의 아침은 늘 찾아왔다. 소나기가 퍼붓는 초여름이 지나고 대지가 펄펄 끓는 폭염의 무더위가 찾아왔다. 사랑은 마주봐야 유지할 수 있다. 바라봐주는 대상이 없었던 여자는 밭에서 뽑은 지 한참 지난 열무처럼 시들시들해져갔다. 저녁이 찾아와도 부엌에서 할머니와 도란도란 이야기도 나누지 않았고 별식도 만들지 않았다. 엄마는 여자가 떠날 때가 되었음을 감지했는지 돈과 옷감 여러 필을 내놓았다. 여자는 복장검사를 당하는 신입생처럼 주눅든 채로 엄마 앞에 꿇어앉았다.

아버지에게 버림을 받은 여자는 뿌리째 뽑힌 나무처럼 가물었다. 바람둥이 유부남과의 사랑은 은밀했지만 어리석었다. 불꽃같은 사랑은 가슴을 송두리째 흔들었으나 축복은 받을 수 없었다. 여자는 엄마 앞에 꿇어앉아 한참 동안 울었다. 울고 나자, 여자는 엄마가 준 돈과 옷감을 받아들고 부엌방으로 와서 짐을 쌌다. 할머니는 안쓰러워하는 표정으로 어디로 갈 것인지 물었다. 여자는 대답하지 않았다. 울어서 퉁퉁 부은 눈이었지만 눈빛은 총총했다. 눈에서 보이는 비장한 각오는 여자가 다신 돌아오지 않으리라는 짐작이 들게 했다.

2부 결혼,
실망을 끌어안고 계속 살아가기

여자는 갱죽에 수제비를 떠 넣고 있었다. 화덕의 화기를 돋우려고 부채로 불을 일구었다. 넘실거리는 화력에 뜨거워진 여자의 얼굴은 홍옥처럼 붉었다. 그녀는 선 채로 뜨거운 갱죽을 소리 없이 먹었다. 여자의 소음 없는 수저질이 처량하게 느껴졌다. 아버지에 대한 비정이 비탄으로 바뀌어 귓속의 달팽이관이 울듯 마른 울음을 울고 있다고 생각했다. 여자는 온기가 사라진 구들목을 다시 데우는 데 내동댕이쳐져 흠씬 젖은 장작은 하등 쓸모가 없다는 것을 알게 되었다.

장미는 꽃을 피울 때 가시가 줄기를 찢고 나오는 고통을 기억한다. 사랑을 잃고 남자의 집에서 본실의 눈치를 보며 살아가야 했던 여자의 하루는 가시방석이었을 것이다. 아버지의 마음이 돌아오기를 기다렸지만 남자는 새로운 여인을 데리고 왔다. 시앗을 보는 그녀의 눈이 흔들렸고, 아버지에게서 떠나려고 결심했던 것 같다. '첩이 다른 첩을 못 본다'고 여자는 쉬지 않고 집안일을 찾아 하면서 배신의 굴욕을 견뎠다. 어떤 날에는 어깨를 들썩이며 맵게 울었다. 숨을 내쉴 때마다 내뱉는 깊은 날숨이 그녀의 작은 몸을 무너뜨릴지도 모른다는 생각이 들었다.

할머니는 여자가 떠나는 날에도 밥을 차리지 않고 여느 날과 같이 갱죽을 쑤었다. 여자가 좋아하는 수제비를 좀더 대접에 담아주었을 뿐, 똑같은 점심 메뉴였다. 푹푹 찌는 폭염의 날씨에 갱죽이 더 뜨겁게 느껴졌다. 사랑이 치욕으로 변해 수만 갈래로 찢어져 가슴속에서 통곡이 되었다. 붉은 맨드라미가 핀 부엌 옆 수채에서 안방 쪽을 쳐다보던 여자의 몸이 가파른 축대 위에서 떨어질 듯 앞으로 쏠렸다. 할머니가 다독였다.

"어딜 가든지 잘살그래이. 남의 첩살이 노릇 아무리 해봐야 소용없다. 니도 자식 낳고 호적에 번듯이 이름 올리고 살아야 안 되긋나."

여자에게서 한숨과 대답이 동시에 나왔다. 길을 잃어보지 않은 사람은 절대로 모른다. 힘들게 걸어간 길 끝에서 낭떠러지를 만나면 돌아서 나오지 못하고 어리석게도 뛰어내리게 된다는 것을. 아버지는 여자의 손을 잡아주는 다정한 남자가 아니었다. 그저 여자를 탐했을 뿐 든든하게 어깨를 내주는 남자가 아니었다. 사랑에 빠졌을 땐 오직 좋은 모습만 보였을 것이다. 사랑이 식자, 여자는 증오와 사랑을 동시에 겪었다. 금이 간 사랑을 붙드는 것은 부질없었다. 혹여라도 마음을 붙잡을 수 있을까 하여 여자는 아버지 주변을 머뭇거렸다. 그러나 마음이 돌아오지 않는다는 것을 안 이상, 단장斷腸의 비애를 끊어내고 떠나야 했다.

여자는 살을 섞으며 익어가는 사랑보다 남자와 가족을 만들어 정착하길 원했던 것 같다. 탐스러운 과육을 드러내는 상품성 짙은 과실이 되기보다는 배고픈 길손의 허기진 배를 채워주고 싶은 욕심 없는 성정이었다. 나그네에게 불빛은 쉼터가 아니라 그저 길을 계속 걸어가게 해주는 좌표였다. 이것을 여자가 알았으면 좋겠다는 생각을 했다.

엄마는 "나도 참는데 제깟 첩년이 뭐라고 시앗샘을 내냐"며 화를 냈다. 여자가 떠나자마자, 앓던 이가 빠진 듯 입에서 나오는 대로 말을 뱉어냈다. 엄마는 눈먼 장님으로 사는 척했다. 그러나 가시 뽑힌 장미라도 꽃을 피우면 정원의 꽃들은 사그리('깡그리'의 방언) 정리될 것으로 믿고 있었다.

비가 내리고 시장기가 드는 점심 무렵이면, 뜨거운 갱죽을 소리 없이 먹던 여자 생각이 난다. 첩년, 소실, 현풍댁이라 불렸던 여자. 그녀는 자갈밭에라도 뿌리를 내리려고 안간힘을 썼던 야생화 같았다. 그녀와 함께 산 1년은 짧은 기간이었다. 그러나 고개를 빳빳이 세운 민들레처럼 눈물겨운 투지는 오랜 여운이 남았다. 내리쪼이는 억센 땡볕 아래서 달리는 마라톤 선수처럼 숨가쁜 삶이었지만, 그늘에 들어서면 심호흡으로 심장의 급한 박동과 숨찬 폐를 달랠 줄 알았다.

식구들의 입이 하나 더 늘어날 때마다 물을 부어 양

먹어도 먹어도 배고픈 갱죽

식구들의 입이 하나 더 늘어날 때마다
물을 부어 양을 늘렸던 갱죽. 멀건 국물 위에는
멸치 몇 마리가 둥둥 떠 있었지만,
먹어도 먹어도 돌아서면 배가 고팠다.

을 늘렸던 갱죽. 멀건 국물 위에는 멸치 몇 마리가 둥둥 떠 있었지만, 먹어도 먹어도 돌아서면 배가 고팠다. 동짓달 긴긴밤에 죽을 먹은 시어머니의 심술처럼, 어둠은 문풍지 사이로 스며들었다. 갱죽은 허기를 달래려고 먹는 음식이 아니다. 힘들 때 마음을 훈훈히 덥히려고 먹는 위로의 음식이다. 상처받은 가슴에 붕대를 칭칭 감고 우리집에 제 발로 걸어들어온 아버지의 여자는 떠날 때도 가슴을 동여맸던 붕대를 풀지 못하고 떠났다. 여자는 갱죽 한 사발을 다 비우고는 할리우드 배우들이 핸드 프린트 자국을 남기듯 우리들의 마음에 지워지지 않는 자국을 찍어놓고 떠났다.

물이 깊을수록 깊이 자맥질을 해야 가라앉지 않고 헤엄을 칠 수 있다. 여자는 춥고 외로워서 우리집을 안전한 해안으로 생각하고 찾아온 은대구 한 마리가 아니었을까? 멍든 피부를 감추고 살점을 압박하는 깊은 바다의 압력을 이겨내며 뼛속까지 후벼파는 추위를 견뎠으리라. 그녀가 만들어준 음식들은 휘고 뒤틀린 몸을 추스르며 고된 첩살이를 견뎌내고자 했던 발버둥이었던 것 같다.

힘겨운 삶을 위로하는 갱죽

갱죽은 허기를 달래려고 먹는 음식이 아니다.

힘들 때 마음을 훈훈히 덥히려고 먹는

위로의 음식이다.

젊은 날의 허기를 떠올리게 하는
닭 숯불고기

무더위가 절정을 이루는 삼복더위에다 장맛비까지 내리는 날, 경상북도 봉화로 휴가를 떠났다.

인구 2만 9천여 명에 1읍 9개 면으로 이루어진 봉화는 아직 도시개발의 파고가 미치지 않은 지역이라 자연경관이 수려하다. 청량산 도립공원에는 국보 및 보물들이 산재해 있으며 특산물이 많다. 특히 깊은 산중에서 키운 토종닭을 고추장에 양념하여 숯불로 굽는 닭 숯불고기가 유명하다. 양념을 만들 때 이 지역에서 나는 한약재를 넣어 보신 효과가 크다. 산간지대에서 나는 참나무 숯으로 닭을 굽기 때문에 참숯의 향이 배어 맛이 더 그윽하다.

닭고기는 예로부터 많은 사람들이 즐겨 먹었던 대중음식

이다. 최근에는 기름에 튀긴 프라이드치킨이나 양념치킨을 맥주와 함께 먹는 '치맥'이 한류 음식의 대표주자로 꼽힐 정도로 선호되고 있다.

찹쌀과 녹두, 황기와 인삼을 넣고 푹 삶아 뽀얗게 국물이 우러난 닭백숙은 대표적인 여름 보양식이다. 그러나 나는 참숯의 향이 밴 닭 숯불고기를 좋아한다. 복날에도 닭 숯불고기를 찾아 시내를 헤맨다. 숯불에 올려 구운 닭고기는 기름기가 쫙 빠져 담백하면서도 칼칼해 입맛 떨어진 여름날에 기력을 보충해준다. 노릇하게 구워진 닭껍질에 밴 불향은 미각을 깨운다. '이열치열'이라고 더울 때 먹는 구이 음식은 침샘을 자극한다.

지금으로부터 40년 전, 그때는 남녀가 사랑하면 무조건 결혼해야 한다는 의식이 지배하던 시절이었다. 아무런 준비도 없이 결혼했고 덜컥 첫아이를 임신했다. 뱃속의 아이는 에미를 조련하겠다는 듯 참혹한 입덧으로 훈련시켰다. 살림을 어찌 살아야 하는지도 모르는 초보 주부에다 입덧까지 겹치니 앙상한 요가 수도승처럼 말라갔다.

음식 냄새만 맡아도 구역질을 하는 나에게 시어머님은 부엌을 맡기셨다. 식사를 차리는 일은 고역 중의 고역이었다. 갱년기 끝물이었던 시어머님은 움직일 때마다 무릎과 허리의 통증으로 힘들어하셨다. 남편은 입덧으로 고생하는 마누라를 부엌에서 불러낼 겸 가끔 시어머님을 모시고 나가 외식을 시켜주었다. 외출로 콧바람을 쐰 어머님은 기분이 나아지셨는지, 며칠간은 아프다는 말씀을 하지 않으셨다.

결혼 후 첫해 여름, 온 가족이 봉화 청량산으로 여름휴가를 떠났다. 신혼의 달콤함 속에서 둘만의 휴가를 꿈꾸었지만 대가족이 함께하는 휴가에 김이 샜다. 결혼 후 첫 여행이라 들떠야 했으나 그러질 못했다. 남편의 휴가 계획에 내 자리는 없었다. 밥도 어머님 식성 위주로 먹었고, 모든 것은 어머님의 의지대로 추진되었다.

숨기려 했지만 입은 자꾸 앞으로 튀어나왔다. 청량산에 들어가기 전, 봉화군 봉성면 다덕에서 점심을 먹었다. 그때 먹은 음식이 닭 숯불고기였다. 식구들이 어찌나 잘 먹던지 접시 안으로 젓가락을 들이밀 수가 없었다. 곁다리로 나온 밑반찬 몇 점을 집어먹고는 일어서는데 잠잠하던 구역질이 속을 뒤집었다. 나도 모르게 눈물이 흘렀다.

'이게 시집살이구나. 당신의 딸이었음 고기 한 점이라도 먹어보라고 하셨을 텐데⋯⋯'

시어머님도 야속했지만 남편이 더 미웠다. 한 점 먹어보지도 못한 닭 숯불고기 냄새가 옷에 배어 움직일 때마다 코를 자극했다. 먹어보지 못한 닭 숯불고기에 대한 기대는 먹은 것보다 더 감질난다고 냄새가 코끝에서 알짱거릴 때마다 서러웠다.

마음은 달아오른 솥뚜껑에 떨어진 물방울처럼 아우성을 쳤다. 남편에게 나는 잃어버리고 찾지 않는 우산 같았다. 2박 3일이었지만 내겐 23년처럼 느껴졌다. 남편과 말도 안 하고 뚱한 얼굴로 지내니 반세기 이상을 살아온 어머님은 나이가 주는 경륜만큼이나 눈치가 빠르셨다.

"예까지 왔으니 고향(안동)에 들렀다 가야겠다. 남은 시간은 늬들끼리 놀다 와라."

가족들은 바로 고향으로 떠났고 상황 파악에 아둔한 남편은 당황한 표정으로 허둥댔다. 남편에게 받은 무관심이 배척으로 느껴져 서러웠던 마음이 한꺼번에 폭발해 청량산이 떠나가도록 싸웠다. 그러고는 산길을 터덜터덜 걸어 시외버스를 탔다. 뱃속의 아이는 불편한 심정을 알아챘는지 미동조차 하지 않았다. 배를 감싼 채 서 있는 내 몰골이 측은해 보였던지 한 노파가 보따리를 바닥에 내려놓으며 자리를 양보해주셨다. 살아야 할지 말아야 할지 생각할수록 분노는 깊어졌고 손바닥은 다한증에 걸린 듯 땀으로 찐득거렸다.

다음해도 여지없이 여름휴가는 찾아왔다. 그러나 나는 여름휴가 말만 나와도 쓸쓸했던 기억이 떠올라 목젖이 뻐근했다. 관계의 시달림보단 차라리 침묵이 편하다고 쓸데없는 미련을 떠나보내자 삶은 솔직한 민낯을 보여주었다. 살면서 가끔 권태로웠고 나약했으며 외로움은 반복되었다.

나무가 타면 재가 된다. 그러나 숯은 타버렸음에도 형태를 유지하는 것처럼 한 번 긁힌 생채기는 그대로 마음속에 남아 있었다. 다정한 감성은 조금씩 무정하게 길들여져갔다. 받아놓은 날처럼 빠른 게 없다고 세월은 잘도 흘러갔고 아이들은 내 키보다도 커갔다. 평상시에 표현을 잘 안 하는 남편이지만 술에 취하면 평생 고생만 하신 어머님께 미안하다며 울었다. 이젠 음식을 사드려도 못 드신다며 어머님의 줄어든 식사량을 내 탓인 양 비난했다.

남편과 나 사이에는 시어머니라는 매개변수가 존재해 상관관계를 이루었지만, 어머님의 별세로 인해 관계는 깨졌다. 남편의 실의失意는 컸다. 허무는 건조해진 피부처럼 내리덮었다. 부부 사이는 악화일로였다. 불효의 원인을 내게로 다 돌렸다. 어머니의 죽음조차도 내 탓으로 돌렸다. 젊은 날만큼이나 치열한 다툼이 시작되었다. 에로스가 사라진 부부 사이에서 연정戀情을 기대하기란 어려웠다. 남은 시간을 남편에 대한 환멸과 냉소로 보내기보단 황혼이혼을 택하는 게 나을 듯싶었다.

더 가관인 건 아이들의 태도였다.

"엄마 편한 대로 해."

편하려고 이혼을 하는가? 아프고 막막한 속을 접고 간신히 꺼낸 말이었는데 현답은커녕 부아를 부추겼다. 젊음은 가버렸다. 헐렁한 싸구려 바지 위에다 비싼 셔츠를 받쳐입는다고 옷태가 나지 않는 것처럼 지금 내 몰골은 흠집이 나서 싸게 파는 반품가구 같다는 생각이 들었다. 내 마음이 이런데 그 사람이라고 다를까?

세월이 가져다준 오염된 때는 노련했지만 버캐 낀 혀처럼 갑갑했다. 나이든 여자의 직감은 전능에 가까운 눈치를 보유했다. 뭐든지 잡아떼는 데 도사인 남편이었다. 이제부턴 남편의 속 좁은 투정에 일일이 대꾸하지 않으리라. 남편의 부인否認 앞에서 앞으로는 내 기억을 부위별로 끄집어내는 습관을 들여야겠다고 다짐했다.

유난히 비가 많이 내렸던 올해, 고향 근처인 봉화로 휴가를 떠났다. 가는 길에 다덕에 들러 탄산 약수도 마시고 닭 숯불고기를 먹었다. 숯불에 구운 닭고기 타는 냄새가 달큰하게 맡아졌다. 옛날엔 그토록 먹고 싶던 음식이었건만 이젠 맘대로 먹어도 누가 타박할 사람이 없는데 생각만큼 먹히지 않았다.

말본새 없는 남편은 "이거 때문에 울 엄마를 미워했잖아. 이젠 안 계시는데 실컷 먹지 왜?"라고 나를 찔렀다.

시어머님이 미운 게 아니었다. 소외감에 마음을 다친 것이었다. 아이를 가진 며느리에 대한 배려보다는 당신 입으로 가져가는 원초적 식탐이 흉물스러워서 싫었다. 여전히 비아냥거리는 남편은 남의 편이 확실했다.

"돈은 없고, 먹는 입은 여럿이고…… 어머니가 워낙 맛있게 드시니 당신한테 고기 한 점을 집어주지 못하겠더라구."

에구머니나! 생각지도 않게 40년도 더 지난 묵은 사과를 받았다. 철없이 시작한 결혼생활에 억눌렸던 감정들을 다스리지 못하고 작은 실수에도 폭발했다. 가난한 결혼생활에 대한 두려움은 마음속에 지뢰를 묻어놓고 '건드리기만 해봐라' 하고 터지길 바랐던 것 같다. 나무가 제 몸을 통과한 바람과 햇볕과 잎사귀를 쓰다듬어주던 달빛의 손길을 기억하지 못하듯 나도 그랬다. 머리털 검은 짐승은 필시 간어제초間於齊楚(중국의 등滕나라가 대국인 제齊나라와 초楚나라 사이에 끼어 괴로움을 당한 데서 나온 말로, 약자가 강자들의 틈에 끼어 괴로움

불향과 함께 올라오는
그립고 애틋한 맛, 닭 숯불고기

나무가 제 몸을 통과한 바람과 햇볕과
잎사귀를 쓰다듬어주던 달빛의 손길을 기억하지
못하듯 나도 그랬다.
빈자리가 되어야 떠난 사람의 고마움을 알고
고생을 해봐야 철이 든다고 내게 닭 숯불고기는
철없던 시절 시어머님께 대한 불효부모사후회를
떠올리게 하는 참회의 음식이다.

을 받는 것을 비유적으로 이르는 말)의 핑계를 댄다고 배은망덕
했다.

묵은 사과를 받느라 불향이 사라져버린 다 식은 닭 숯불
고기였지만 막걸리와 함께 먹으니 더 맛있었다. 일렁거렸던
욕심도 무한지속되지 않는다. 그토록 튼실했던 의지도 불끈
솟지 않음을 자연스럽게 받아들이는 나이가 되었다. 그러니
식탐이 줄어드는 것도 당연하다. 그러나 맛을 느끼는 미뢰는
오랜 경험으로 더 노련해졌다.

연기를 피우며 구웠던 닭 숯불고기, 굽기가 무섭게 사라
졌던 불향 가득했던 닭 숯불고기는 내 젊은 날의 허기를 떠올
리게 하는 음식이다. 닭 숯불고기에 맴도는 달콤하고 매캐한
탄내 나는 불향이 시어머님을 떠올리게 한다.

'어머님 죄송해요. 양껏 드시라고 더 시켜드렸어야 했는
데……'

빈자리가 되어야 떠난 사람의 고마움을 알고 고생
을 해봐야 철이 든다고 내게 닭 숯불고기는 철없던 시절 시어
머님께 대한 불효부모사후회不孝父母死後悔를 떠올리게 하는 참
회의 음식이다.

집장수 엄마와 눈치 없는 남자의
짜장면 이야기

이삿날에는 짐 정리를 하느라 정신이 없어 흔히 짜장면을 시켜 먹는다. 비용도 비교적 저렴한데 나무젓가락을 사용하기에 편리하며, 먹고 난 후 그릇 처리도 비교적 수월하다. 졸업식날 짜장면을 먹는 풍경도 익숙하다. 이런 전통이 계속 이어져왔으니 한국에서 짜장면의 인기는 참으로 유구하다.

대다수의 중국인들은 짜장면의 존재를 모른다. 2000년대 이후 한류 드라마를 통해 짜장면을 접한 경우가 대부분으로 짜장면을 한국 요리로 생각했다. 그러나 한국에서는 짜장면을 중국요리에서 파생된 한국식 중화요리라 생각한다.

짜장면의 종류는 다양하다. 일반 짜장에 계란프라이를 위에 올려놓은 '옛날짜장', 즉석에서 춘장을 넣고 기름에 볶다가

야채를 넣고 만든 '간짜장'이 있다. 간짜장은 소스와 면이 따로 나온다. 간짜장에 해물이 듬뿍 추가된 '삼선짜장'은 짜장면 치고는 가격이 비싼 편이다. 이외에도 남은 면을 처리하기 위해 짜장소스에 볶다가 우연히 만들었다는 '쟁반짜장', 재료를 모두 한꺼번에 넣고 갈아서 춘장과 섞은 후 만든 '유니짜장'도 있다.

남편이 가장 좋아하는 노래는 가수 god가 부른 〈어머님께〉이다. 이 노래엔 짜장면에 관한 가사가 나온다. 난 그 노래가 듣기 싫었다. 가난에 찌든 가사가 마음을 후벼파기 때문이었다. 20대 시절에는 12월이 오면 왠지 모를 들뜸과 설렘이 있었다. 그러나 그는 그런 것과는 아무 상관이 없다는 표정으로 직장과 학교에만 충실했다. 입천장이 델 것만 같은 뜨거운 설렁탕을 입김 한 번 불지도 않고 꼿꼿이 먹는 모습에 질려 다가오는 그를 밀어냈다. 그의 삶은 실존 그 자체였다.

어깨솔기가 우는데다 유행이 지난 싸구려 양복은 그의 외모를 더 초라해 보이게 했다. 헤어지려고 마음먹자, 가지치기를 끝낸 길가의 플라타너스처럼 궁핍이 느껴졌다. 그와 1년 가까이 사귀었지만 나는 교제를 끝내려 했고, 그는 처절하게 매달렸다. 이게 다 짜장면 때문이었다.

어려서부터 나는 틈날 때마다 엄마 일을 도왔다. 엄마는 땅을 사서 집을 지어 파는 집장수였다. 1970년대 말, 강남에는 건설 붐이 일었다. 하룻밤 자고 나면 집값이 올랐다. 외삼촌 회사에서 이잣돈을 받아 살 수 없게 되자, 엄마는 무슨 일이든 해야 했다. 아버지와 고향이 같은 박목수는 엄마의 딱한 처지를 듣고, 집장수를 권했다. 박목수는 북한 땅에서 제법 이름난 목수였다. 강원도에 목재를 구하러 왔다가 6·25전쟁을 만나 고향땅을 밟지 못하게 된 실향민이었다.

그는 엄마에게 어떤 땅을 사야 하고, 집을 어떻게 지어야 하는지를 가르쳤다. 엄마와 박목수는 한 팀이 되어 집을 같이 짓고 이익을 나눴다. 처음엔 어눌했지만 차츰 노하우가 쌓이자 엄마는 설계도면을 빨리 익혔고, 눈썰미가 있어 특유의 꼼꼼함을 살려 집을 지었다. 엄마가 지은 집은 소문이 나, 짓기가 무섭게 팔렸다. 집이 다 지어지면 우리는 그 집으로 이사를 갔다. 지금은 '모델하우스'라고 하지만 그때는 '집장수 집'이라 했다.

집을 사러 온 사람들에게 쾌적한 집을 보여주기 위해서 멋진 바로크식 액자를 걸고 보글거리는 레이스 커튼을 치고 서재에는 금박 두른 전집류의 책을 진열해두었다. 다 집을 팔기 위한 장식용 소품이었다. 집이 팔릴 때까지는 절대 만져서는 안 되는 것들이었다. 심지어 나의 형제자매들조차도 소품이었다. 집을 보러 온다는 고객과 약속이 잡히면 엄마는 우리들에게 예쁜 옷을 입혀놓고는 소파에 앉아 책을 읽게 했다. 그리고 여동생에게는 얌전히 피아노를 치게 했다. 엄마의 안내에 따라 집을 한 바퀴 돌고 나면 고객은 엄마의 달변에 넘어갔는지, 인테리어와 장식에 혹했는지 결국 계약을 했다.

문제는 부엌에서 밥을 해먹을 수가 없다는 것이었다. 음식 냄새가 나면 안 되기 때문이었다. 늘 짜장면을 시켜 먹었다. 그때는 지금처럼 배달음식이 다양하던 시절이 아니어서 '줄창' 짜장면과 우동, 짬뽕을 먹는 것 이외에는 선택지가 많지 않았다. 처음엔 그리 맛있던 짜장면이 나중엔 쳐다보기만 해도 구역질이 올라왔다. 그래도 배가 고프니 달리 방법이 없었다. 우짜짬(우동, 짜장면, 짬뽕) 순서로 번갈아가며 먹었다.

엄마는 집이 빨리 팔리려면 정갈해야 한다고 했다. 우리들은 각자 이름이 적힌 박스에다 교복과 책을 집어넣고 필요할 때마다 꺼내 쓰고는 다시 넣었다. 아무리 잘 개켰더라도 박스 속에 있는 교복은 늘 구김살이 져 있었다. 여학생에게 잘 다려진 교복은 자존심의 상징이었다. 규율부는 아침마다 교복검사를 했다. 걸리지 않으려면 규율부가 서 있는 시간보다 일찍 등교해야 했다.

소지품의 양보다 박스가 작아 늘 물건이 넘쳤다. 그러다 보니 수채화용 붓이나 포스터물감은 늘 서너 개가 비었으며 없어지는 물건들도 더러 있었다. 준비물을 제대로 챙겨가질 못했다. 나는 책꽂이에 교과서와 참고서가 가지런히 꽂혀 있는 책상을 가져보는 게 소원이었다. 그땐 한창 사춘기였던지라 챙겨가지 못하는 준비물만큼이나 자존심도 유실되었다.

어느 날 학교가 파하고 집에 왔다. 집이 팔렸는지 대문이 잠겨 있었다. 엄마는 근처 가게에다 새로 옮겨갈 모델하우스의 주소를 남겼다. 나와 언니는 주소를 들고 한참을 헤맨 끝에 새집을 찾아갔다. 그러나 학교에서 늦게 온 동생은 길을 못 찾아 파출소에서 연락이 왔다. 처음에는 힘들었지만 모델하우스 생활에 익숙해지자, 우리는 주소만 가지고도 집을 찾는 데 도사가 되었다. 엄마는 그토록 억척스럽게 우리를 길렀다.

방학이면 언니는 종로통에 있는 학원가로 영수 단과 수업을 들으러 갔지만 나는 엄마를 따라 공사현장에 갔다. 엄마는 노끈을 새끼처럼 묶어 허리에 차고는 줄의 끝에다 커다란 지남철을 매달았다. 그러고는 목수들이 일하는 곳마다 지남철을 끌고 돌아다녔다. 엄마가 지나가는 곳마다 휘어지고 버려진 못이 올챙이처럼 달라붙었다. 나는 그 못을 모아 망

2부 결혼.
실망을 끌어안고 계속 살아가기

치로 두들겨 폈다. 방학 내내 굽은 못을 편 것이 몇 부대나 됐다. 일꾼들은 다 큰 처자가 공사판에서 일하는 게 부끄럽지도 않으냐며 놀렸다.

　모녀간의 노력을 가상하게 보았던지 일꾼들은 작은 못 하나도 함부로 버리지 않았다. 엄마는 그렇게 살뜰하게 아껴 손끝으로 집을 지었다. 엄마의 집짓기는 마치 마법의 주술을 건 것 같았다. '오야지'인 박목수와 일꾼들과 한 팀이 되어 몇 달이면 집 한 채를 뚝딱 지었다. 엄마는 방이동 진창길을 하도 많이 밟고 다녀서 그곳이 단단한 흙길로 다져졌다고 입버릇처럼 말했다. 방이동 진창길이 흙길로 변한 것은 잠실 아파트 공사가 진행되어 덤프트럭이 많이 다니게 된 영향도 있다. 그러나 엄마의 피와 땀이 일궈낸 노력도 분명 한몫을 했다.

　일꾼들은 하루에 세 끼의 식사와 두 번의 새참을 먹었다. 엄마는 식비를 아끼려고 공사장 한쪽에다 함바집을 짓고 직접 음식을 만들었다. 하루의 노동이 무사히 끝난 저녁이면 일꾼들은 나무토막을 모아 불을 피웠다. 종일 들이마신 먼지와 시멘트 가루를 씻어내리는 데는 삼겹살과 막걸리가 최고의 보약이었다. 짜장면이 지겨웠던 나는 밥이 그리웠다. 함석판 위의 삼겹살은 기름을 뱉어내며 노릇노릇하게 구워지고 있었다. 삼겹살 옆에서 익어가는 김치는 기름을 빨아들여 촉촉하고 먹음직스럽게 보였다. 오랜만에 고기와 밥을 보자, 식욕이 용솟음쳤다. 일꾼들이 먹는 고봉밥만큼의 밥을 먹고 나자, 정신이 들었다. 먹는 것 앞에선 천하장사도 체면을 차릴 수 없다던 할머니 말이 떠올랐다. 먼지가 풀풀 날리는 위험한 공사현장에 따라온 것도 엄마가 해주는 밥이 먹고 싶어서라는 생각이 들었다.

삼겹살의 기름이 불에 떨어지자 불티가 튀었다. 엄마가 숯덩이 몇 개를 꺼내자 화력이 줄어들었고 더이상 불티는 튀어오르지 않았다. 아버지가 살아 계실 때의 엄마는 부엌보다는 교회에 있는 시간이 더 많았다. 그랬던 엄마가 공사판에서 최고로 무서운 오야지 박목수보다 깡다구가 더 센 여자로 변했다. 엄마는 새끼를 먹이기 위해 들판을 가로지르는 위험한 사냥도 마다하지 않았다. 여자이기를 내려놓은 엄마는 발톱을 바짝 세운 암사자의 모습으로 변해갔다. 박목수는 무쇠주전자에서 물이 끓는 것 같은 가래 낀 목소리로 엄마에게 고기를 권했다.

"아주마이두 좀 자시우다. 일만 그래 죽자구 하든 몸이 어찌 배겨나겠슴둥, 다 먹고 살자구 일하는 거인데, 아이 그렀슴메?"

박목수는 일꾼들에게 동의를 구하는 눈짓을 보냈다. 일꾼

2부 결혼,
실망을 끌어안고 계속 살아가기

들은 엄마에게 주전자를 들어 막걸리를 권했다. 그러나 엄마는 단호했다.

"과부가 술 마시기 시작하면 자식을 못 기른다. 옷고름 자르고 집 나가는 미친년 꼴 볼라카믄 내한테 술을 권하라카이."

엄마는 말없이 고기를 구웠다. 나는 그날 엄마가 마음속 한 모서리에 감춰두고 미처 꺼내지 못한 말을 들을 수 있었다.

"애들 아부지가 첩상이들을 거느리고 살았다고 내가 느그들한텐 바보텡이로 보이나? 내를 과부라고 만만히 보지 말그래이."

엄마가 집장수로 이력이 붙자, 살림이 조금씩 폈다. 언니가 대학에 들어갈 무렵, 우리는 모델하우스를 돌아다니는 생활을 끝내고 답십리에 안착했다. 답십리는 방이동보다 문화시설은 나았지만 길은 더 엉망이었다. 거의 비포장도로였다. 마누라 없인 살아도 장화 없인 못 사는 동네가 답십리였다. 엄마는 집값이 싸다는 이유로 길가의 허름한 상가 주택을 사서 리모델링했다. 상가에서 나오는 월세로 생활비를 충당했다. 언니는 "대학만 졸업하면 돈 벌어 호강시켜줄게"라고 했다. 언니의 졸업이 목전에 다가오자 중매쟁이들은 제법 괜찮은 신랑감을 물어왔다. 엄마는 집장수 일을 그만두었다.

언니는 공부를 잘해 명문대학을 나와 교사가 되었다. 언니는 늘 공부는 신분 상승의 두레박이라고 말했다. 말이 씨가 된다고 그 두레박을 타고 부잣집으로 시집을 갔다. 안사돈은 "가난한 과부의 딸이 부잣집 남자를 꼬셨으니 팔자를 고쳤다"고 대놓고 투덜댔다. 언니는 시댁에서 자존심을 짓밟는 말을 해서 속이 문드러지긴 했지만, 그러거나 말거나 혼테크에 성공했다. 그런 언니가 부러웠어야 했는데 나는 별로 부럽지 않았다.

국립대학에 들어가야만 등록금을 대줄 수 있다고 엄마는 선언했다. 언니는 그 기대에 부응했지만 나는 그러질 못했다. 할 수 없이 나는 취직을 했고 다음해에 대학에 갔다. 낮에는 직장에서 일하고 밤에는 대학에 다녔다. 대학은 서대문에 있었다. 입학하자마자 대학은 재단 비리 의혹으로 데모에 휩싸였다. 서대문에 있던 대학 건물이 팔리고 재단은 다른 곳으로 넘어갔다. 그러고는 마포 염리동, 지금의 현대아파트가 있는 자리로 옮겨갔다. 캠퍼스가 서대문에 있을 때는 늦어도 가기가 수월했는데 염리동 언덕은 뛰어가기엔 너무 가팔랐다. 상사의 눈치를 보다 조금이라도 늦게 나오는 날이면 여지없이 지각을 했다. 그런 날이면 심장이 터질 만큼 뛰어야 학교에 도착할 수 있었다. 그러지 않아도 숨찬 청춘이었는데 캠퍼스마

2부 결혼,
실망을 끌어안고 계속 살아가기

저 높은 언덕에 있어 고달픔을 보탰다. 염리동 언덕이 싫었다. 산동네에 있는 대학이 마뜩잖았다.

그럼에도 불구하고 가끔은 산동네 언덕이 주는 위로도 있었다. 4교시 수업을 마치고 나올 때, 언덕 위에 뜬 달은 멀리 공덕동까지 야경을 덤으로 비춰주었다. 컴컴한 산동네를 비춰주는 달빛은 늦은 시간에 공부를 마치고 귀가하는 학생들에게 친절한 안내자가 되어주기도 했다. 특히 눈 내리는 겨울밤, 언덕 위에서 내려다보는 만리동 주택가에 켜진 전등은 크리스마스트리에 장식된 별처럼 반짝거렸다. 안경 렌즈에 김이 서리면 불빛은 더 신비로움을 자아냈다. 공덕교회에서 종소리가 들려왔다. 혹시 이 언덕과의 인연이 평생을 따라다닐까봐 두려웠다.

산동네에는 가로등 시설이 별로 없었다. 차라리 염리동 언덕에서는 달빛의 자비를 기대하는 편이 더 나았을지도 모르겠다. 종일 직장에서 일하고 밤엔 형광등 불빛 아래서 수업을 받았다. 교실의 형광등은 침침했으나 누구 하나 항의하지 않았다. 아마도 공부가 입신양명의 지름길이 될 수 있다는 희망을 품고 있던 청춘이어서 그랬을 것이다. 그 어두운 강의실에서 꾸벅꾸벅 졸면서 수업을 받았다. 졸다 깬 눈으로 바라보다가 눈이 맞았고 연애를 했다. 뒷모습만 봐도 등짝이 달아오르던 나이였으니 말해 무엇하랴. 어두운 언덕길엔 상점이 없었으니 네온사인도 없었고, 하다못해 구멍가게에서 새어나오는 백열등 불빛도 어두웠다. 버스정류장까지는 한참을 걸어야 훤한 신작로가 나왔다. 그래도 누구 하나 길이 어두워서 넘어졌다는 사람은 없었다.

학교 앞엔 '영빈관'이라는 중국집이 있었다. 수업이 시작되기 전, 학생들은 거기서 주로 저녁을 먹었다. 나는 짜장면이라면 냄새도 맡기가 싫어 영빈관 근처엔 얼씬도 하지 않았다. 그는 가난한 형편의 공무원이라 영빈관에서 주로 짜장면으로 저녁을 때웠다. 급히 저녁식사를 마친 학생들에게 1교시는 게트림의 연속이었다. 1교시가 시작된 강의실에서는 짜장면과 양파 냄새가 진동을 쳤다.

중간고사가 시작되자, 늘 지각을 하던 그는 나에게 노트를 빌려달라고 부탁했다. 시험이 끝나자 저녁을 사겠다고 했다. 그 답례로 산 저녁이 학교 앞 중국집 영빈관에서의 짜장면과 군만두였다. 질색하는 짜장면을 사주는 남자가 좋아 보일리가 없었다. 싫은 음식은 위에서부터 받아들이질 않았다. 그는 그릇에 많이 남아 있는 면을 성큼 덜어가 먹었다. 친하지도 않은 사이에 남이 먹던 음식을 아무렇지도 않게 먹는 사람을 처음 보았다. 성격이 꽤 소탈한 사람 같았다. 그날 짜장면을 연유로 말을 트게 되었고 친해졌다. 그렇게 데이트가 시작되었다. 그날 짜장면이 싫다고 말했어야 했다. 그러나 차마 말을 하지 못했다.

그의 집은 종암동 산꼭대기에 있었다. 종암경찰서 뒤에 있다는 말만 들었지, 그렇게까지 어려운 줄은 몰랐다. 주소를 들고 찾아간 집은 돌산 산꼭대기에 있었다. 골목이 좁아 정면으로 지나가기보다는 측면으로 지나가는 것이 보행에 편했다. 그 좁은 골목을 지나 가파른 계단을 올라가니 몸을 숙여야 들어갈 수 있는 작고 야트막한 대문이 보였다. 아들이 좋아하는 여자가 온다는 소식에 급히 단장했는지 페인트칠을 한 흔적이 느껴졌다. 중년이 지난 여인이 버선발로 뛰어나왔다.

"어서 오이소. 누추한 집까지 오느라 힘들었심더."

올라오기를 청했다. 그의 누나와 형수, 나를 보겠다고 시골에서 올라온 친척들까지 한가득 모여 있었다. 일이 이렇게까지 벌어질 줄은 몰랐다. 그냥 어찌 사는지 형편만 보고 오겠다는 것이 일이 커져버렸다. 그의 가족은 우리집과는 달리 대가족이었다.

방안 가득 모인 대가족의 온기에 취했는지, 사람들의 정에 끌렸는지, 뭐에 씐 게 분명했다. 저녁밥까지 먹었다. 솔기

종암동 산동네의 오늘

가난한 산동네에서의 삶이 이 남자의 현실임을
눈으로 보고 확인했다면 언니의 말대로 뒤도 안 보고
도망쳤어야 했다. 내 비록 홀어머니 밑에서 고생하고
살았다지만 이런 가난은 본 적도, 들은 적도 없었다.
그러나 나는 바보같이 그러질 못했다.
언덕의 인연에 끌렸던 건지, 아니면 언덕의 인력에
끌려간 건지 알 수 없다. 나는 그날 그 남자와
함께하기로 마음을 먹었다.

가 우는 싸구려 양복을 입은 말단 공무원에 야간대학생. 그 아들이 세상에서 가장 잘났다고 믿는 어머니와 다섯 명의 동생들이 사는 집이었다. 가난한 산동네에서의 삶이 이 남자의 현실임을 눈으로 보고 확인했다면 언니의 말대로 뒤도 안 보고 도망쳤어야 했다. 내 비록 홀어머니 밑에서 고생하고 살았다지만 이런 가난은 본 적도, 들은 적도 없었다. 그러나 나는 바보같이 그러질 못했다.

언덕의 인연에 끌렸던 건지, 아니면 언덕의 인력에 끌려간 건지 알 수 없다. 나는 그날 그 남자와 함께하기로 마음을 먹었다. 가족들은 성정이 선한 사람들이었다. 어렵게 살면서 표정이 그렇게 화사한 이유를 알 수 있었다. 그런 맑은 인상이라면 서로에게 희망이 되어줄 수 있다는 확신이 들었다. 흔들림이 사라진 사랑 앞에서 희망은 눈부시게 다가왔다.

언니는 두레박을 타고 올라가 금수저의 신분이 되었다. 그러나 나는 쪽박을 깨도 유분수라고 엄마한테 혼이 날 것 같았다. 힘들게 살아온 엄마의 삶을 보아왔기에 결혼만은 사랑하는 사람과 하고 싶었다. 돈은 벌면 되지만 가슴에 불씨를 지니고 있어 불을 꺼뜨리지 않는 사람과 살고 싶었다. 그는 아버지와는 정반대 스타일의 남자였다. 내가 그를 선택한 가장 큰 이유였다.

엄마는 내 선택을 후회하지 않겠냐고 세 번을 물었다. 세 번 다 그렇다고 대답했지만 실은 세 번 다 두려웠다. 막막했지만 그게 두려워 포기한다면 평생을 비겁하게 살 수밖에 없었다. 이제부터는 내게서 가장 귀한 것을 내어주고도 아깝지 않은 마음으로 살아가리라. 다짐은 매일 기도가 되었다. 그는 내게 비빌 수 있는 언덕이 되어주었고, 나는 그 언덕길을 주저하지 않고 올라갔다.

데이트 중 짜장면만 먹자는 그가 너무 초라해서 교제를 끝내려 했다. 전등도 켜지 않은 컴컴한 부엌에서 맨밥에 달랑 무김치 한 쪽으로 밥을 먹는 고단한 인생을 살게 될까봐 도망을 치려 했다. 그러나 그의 집을 방문하고 온 후, 그의 청혼을 받아들였다. 가난한 야간대학생의 결혼식이라 준비할 것도 없었다. 산동네 단칸방에서 신혼생활을 시작했다. 이불 하나만 깔면 문을 여닫을 수 없을 정도로 좁은 방이었다.

신혼여행에서 오자마자 엄마가 싸준 이바지음식을 들고 신행으로 시댁에 갔다. 집엔 아무도 없었다. 반찬이라곤 밥풀 몇 개가 둥둥 떠 있는 쉬어빠진 열무김치 보시기만 밥상에 덩그러니 놓여 있었다. 어머니는 일하러 나가고 안 계셨다. 성품이 아무리 온유해도 가난은 기본적인 예법을 다 챙기지 못하고 산다는 걸 그때 알았다. 쪽마루에서 내려다본 언덕에 어둠이 저물고 있었다. 해가 넘어가고 있었지만, 보랏빛 일몰은 수묵화를 그려내지 못하고 군데군데 거뭇하게 자국을 드러냈다. 앞날을 장담할 수 있는 혜안을 가진 젊음이 어디 있겠는가? 하나 신행날만은 시어머니의 부재에 마음이 상했다. 그도 미안했던지 뭐라도 시켜 먹자고 했다.

"짜장면 시킬까?"

그 사람다운 선택이었다. 하지만 어쩌겠는가? 그렇다고 이바지음식을 건드릴 수는 없었다. 밥은 없고 배는 고프니 짜장면을 시킬 수밖에. 산동네까지 배달해주는 음식은 짜장면밖에 없었다. 내가 짜장면을 싫어하는 걸 알기에 다른 걸 시키려 했지만 늦은 시간이라 짜장면밖에 주문이 되질 않았다. 언덕배기까지 올라오느라 불어터진 짜장면은 비벼지질 않았다. 면이 식어 엉겨붙었다. 그 짜장면을 어찌 목구멍으로 넘겼는지 모르겠다. 처음엔 부드러웠던 짜장면도 식으면 비벼지지 않는다. 인생도 마찬가지였다. 누구나 시작은 그럴싸하더라도 끝은 아무도 알 수 없는 것이다.

신혼부부의 귀환을 환영해주지 않는 설움에 심하게 다퉜다. 마루에다 새 신부의 이바지음식만을 둔 채 울면서 시댁에서 나왔다. 걸음을 옮길 때마다 질질 끌리는 한복 치마가 자꾸만 밟혔다. 결혼이라는 인생에서 가장 큰 대사를 치렀음에도 허기지는 마음의 정체가 두려웠다. 달동네 산꼭대기에 떠 있던 달은 어느새 종암경찰서까지 내려와 있었다. 미혹에 후들거리고 있는 내 마음을 다 알고 있다는 듯 달빛이 토닥여주었다. 신행날 불어터진 배달 짜장면으로 내 결혼생활은 시작되었다.

함께 살면서 가장 힘들었던 것은 그와 내가 살아온 환경이 달라 겪는 문화충격이었다. 그의 집에 익숙지 않은 갓 결혼한 새댁의 입장에서 혼란스러움은 당연했다. 그러나 그는 자기가 살아온 방식에서 한 걸음도 물러서지 않았다. 내 혼란과 당혹스러움에 어떤 설명이나 위로를 해주지 않았다. "그래서 어쩌라고?"라는 식으로 날을 세웠다. 그 막무가내로 고집을 부리는 남자와 강산이 네 번이나 변한 세월을 살았다. 이젠 눈빛만 봐도 상대방이 뭘 원하는지를 안다. 나이가 드니 미안한 마음을 고집으로 표현한 것임도 알게 되었다.

그와 내가 살림을 시작한 곳은 산만댕이, 산동네 언덕의 작은 방이었다. 좋아하지도 않는 짜장면만 먹자는 남자와 먼 길을 함께 걸어왔다. 앞날을 예측할 수 없어 칠흑같이 암울했

2부 결혼,
실망을 끌어안고 계속 살아가기

칠흑 같은 짜장면과
연꽃 같은 군만두

좋아하지도 않는 짜장면만 먹자는 남자와 먼길을
함께 걸어왔다. 앞날을 예측할 수 없어 칠흑같이
암울했던 날도 있었다. 그럼에도 삶은 연꽃 같아서
진흙탕 속에서도 꽃을 피워주었다.

던 날도 있었다. 그럼에도 삶은 연꽃 같아서 진흙탕 속에서도 꽃을 피워주었다. 젊은 날엔 공부만 하면 뭐가 돼도 될 것 같아 숨차게 달려갔던 염리동 언덕, 거기서 학문을 만났다. 돌산 언덕, 종암동 산동네서 사는 남자를 만나 결혼하고 두 아이를 얻었다. 모두 언덕과의 인연이었다.

안 해본 것은 늘 그리워하게 마련이라고 평지만 찾아다녔다. 그러다 나이가 드니 마당에 종일 볕이 드는 집에서 살고 싶었다. 상도동 언덕 입구에서 낮게 엎드린 햇살이 묵상하듯 좌정하고 있는 남향집을 만났다. 주저하지 않고 선택했다. 그후 남대천을 거슬러올라가 귀향하는 연어처럼 다시 언덕이 있는 산동네로 돌아왔다. 아직도 짜장면밖에 사줄 줄 모르는 센스 없는 남자와 40년이 넘게 살고 있다. 보름달이 뜨는 밤에는 창마다 월광을 무상 보시해줘 굳이 전등을 켤 필요가 없다. 햇살과 달빛, 여름엔 시원한 바람까지 공짜로 내어주니 언덕의 아량에 어찌 고마워하지 않겠는가.

시어머니가 며느리를
식당에 잡히고 먹은 냉면의 맛은

시어머니는 경상북도 안동 분이다. 아침식사부터 생나물을 넣고 밥을 비볐다. 경상도 산간 지방 사람들은 불에 익힌 나물보다는 채전에서 금방 뽑아온 생채소를 선호했다. 아침부터 뻣뻣한 푸른 푸성귀를 넣고 비비는 어머님의 식성은 낯설었다. 입에서 겉도는 날것의 이물감은 쉽게 삼켜지지 않았다. 때로는 비린 고등어자반이 아침 반찬으로 올라올 때도 있었다. 온 집안은 비릿한 냄새로 가득찼지만 노릇하게 구워진 고등어자반을 뜯는 식구들의 얼굴엔 식사의 만족감이 그득했다.

결혼 전 친정에서의 아침식사는 주로 국물 음식이었다. 나는 결혼 후 새로운 식사 메뉴에 적응하느라 상당히 힘들었다. 모전자전이라고 남편과 어머니는 식성이 같았다. 그러다보니 끼니때마다 나는 밥상 앞에서 휘청거렸다.

시어머니는 많이 배운 분은 아니었어도 가릴 것은 구분할 줄 아는 분이었다. 시아버지가 생활력이 없어 겪은 고생이 이루 말할 수가 없었다. 안동에서 농사를 작파하고 서울에 올라와 종암동 산비탈에 자리를 잡았다. 호박 농사부터 국수 장사에 포장마차까지 안 해본 일이 없었다. 그러다 관공서 구내식당을 맡으면서 안정적인 장사로 들어섰다. 관공서 구내식당이라는 곳이 남는 게 뻔했다. 공무원들은 모시기 쉬운 고객이 아니었다. 그러니 겉보기엔 남는 듯해도 계산해보면 늘 밑지는 장사였다. 제 자식들은 정부미를 먹여도 식당 고객에겐 일반미를 먹여야 했으니 말해 무엇하겠는가. 늘 퍼주는 장사를 하다보니 월급날 수금해서 밀린 외상값을 주고 나면 손에 쥐는 게 별로 없었다. 그래도 시어머니는 그 덕으로 먹고살았다고 늘 고마워했다.

남편은 어머니 말이라면 팥으로 메주를 쑨다고 해도 무조건 믿는 사람이었다. 고생만 하는 엄마를 보고 자랐으니 어머니 말은 곧 법이고 진리였다. 내가 가장 많이 들었던 말은 "어머니를 호강시켜드려야 한다"였다. 그러니 그 옆에서 사는

2부 결혼,
실망을 끌어안고 계속 살아가기

내 입장은 어땠겠는가? 신혼의 단꿈을 꾸기에도 모자랄 시기였음에도 마음 편할 새가 없었다. 효심 깊은 아들과 사는 여자에게 행복은 핑크빛 속살을 부빌 공간을 허락하지 않았다.

어머니에겐 다섯 명의 아들과 한 명의 딸이 있었다. 그러나 다른 자식들은 보이지 않고 오직 둘째아들, 즉 내 남편만 보였나보다. 보고 싶은 것만 보인다고 시선은 오직 내 남편에게로 향했다. 가끔 시동생들이 불평할 때도 있었지만 오랫동안 그리해온 터라 그들은 이미 길들어져 있었다. 어머니는 사람은 태어날 때 복을 가지고 태어난다고 믿는 분이었다. 돈은 쓰려고 있는 것이고, 쓰는 사람이 임자라고 생각하는 독특한 경제관을 가진 분이었다. 그러니 저축이라곤 하는 법이 없었다. 물론 어려운 살림에 모을 돈도 없었지만 알뜰살뜰 아껴서 모으는 걸 보지 못했다.

어렵게 살았지만 집안의 친인척이나 지인들의 애경사는 빠지지 않고 챙겼다. 그러다보니 남편의 주머니는 늘 어머니의 현금서비스 역할을 해야 했다. 모자간의 구분 없는 모호한 경제 관계가 싫었지만 어머니에 대한 간절한 사랑 앞에서 나는 늘 물러서고 양보해야 했다. 그는 잘난 아들이 되기보다는 어미를 돌보는 아들로 살기를 원했다. 그의 맹목 앞에서 속수무책이었다. 아끼고 아껴 모아놓으면 돈은 모이기가 무섭게 사라졌다.

아이가 덜컥 들어섰다. 임신의 기쁨보다는 입덧의 고통으로 매일 초주검이 됐다. 수돗물 냄새에도 비위가 틀렸으니 말해 무엇하겠는가? 먹는다는 것은 산다는 것과 동일했다. 먹지 못하면서 잉태한다는 것은 생명이 들어설 공간을 만들어주지 못하는 것과 같았다. 내가 그랬다. 냄새가 싫으니 직접 만들어 먹지는 못하고, 누가 뭐라도 만들어주면 먹을 것 같았다.

너무도 배가 고파 어머니께 자두가 먹고 싶다고 말했다. 어머니는 굵고 검붉은 자두를 사다 주셨다. 자두는 달고 맛있었다. 태중의 아이는 그동안 굶었던 것을 보충이라도 하려는 듯 흡입했다. 어머니는 걸신들린 듯 자두를 먹는 나를 보더니 말씀하셨다.

"니는 이런 게 묵고 싶나. 식성도 얄궂데이."

입덧을 자두로 한 아이는 태어나자마자 달랐다. 처음 마주했을 때 꿈틀대는 몸짓 속에서 보여지는 솜털 가득한 얼굴이 자두 모양이었다.

결혼하여 처음으로 어머니에게 받은 선물이 자두였다. 꽃도 안 피고 세상에 나와 줄기와 열매를 남기는 고구마꽃처럼 아이를 갖고도 대우라곤 받지 못했던 나는 고구마꽃처럼 포태했고 입덧을 했다. 남편한테 입덧 투정 한 번 부리지 못했다. 남편이 그런 것처럼 시어머니도 곰살스러운 사람은 아니었다. 눈앞에서는 다정하다가도 안 보이면 금방 잊어버리는 성격이었다.

뱃속의 아이는 자라갔지만 내 몸은 음식을 받아들이지 못했다. 먹지를 못하니 뾰족하게 마음에 날이 섰다. 매일 먹고 싶은 음식을 눈감고 상상했다. 때때로 남편이 데리고 나가 외식을 시켜주었지만 허기진 마음은 젖은 물걸레처럼 축 늘어졌다. 모난 어미가 될까봐 걱정되었다. 나만 잔칫집에 초대받지 못한 사람 같았다. 마음속까지 깊이 파고든 서운함은 오래도록 머물렀다. 겉으로는 드러내지 않았지만 서운함은 갈수록 단단해졌고 날카로워졌다.

아이는 어미의 복중에 있을 때 먹고 싶은 걸 먹지 못해 그랬는지, 쌍꺼풀이 한쪽만 있는 짝눈이었다. 쌕쌕거리며 숨을 쉬는 어린 생명은 신비로웠다. 기저귀를 갈 때마다 창틀에 비친 긴 띠 모양의 먼지가 반사되는 것이 거슬렸다. 코딱지만한 방은 방고래에 불이 드나들지 않아 따뜻하질 않았다. 웃풍까지 있어 아이는 자주 감기에 걸렸다.

궁즉통窮卽通이라고 그때 마침 계를 탔다. 그러나 남편에게 곗돈에 대해 말하지 않았다. 말을 하는 순간 그 돈의 용처가 어머니에게로 갈까봐 두려웠다. 그 돈 덕분에 남가좌동으로 이사를 했다. 마침 내가 다니던 대학교도 재단이 바뀌어 남가좌동으로 이사한지라 핑계를 대기가 용이했다. 이사를 하면 시댁과 좀 떨어져 지낼 줄 알았다. 그러나 그것은 나 혼자만의 착각이었다.

시댁 식구들과 떨어져 지내니 처음엔 한결 마음이 편했다. 일요일 아침에도 늦잠을 잘 수 있어 좋았다. 느지막이 일어나 학교 근처의 분식집에서 간단한 요기로 아침을 대신할 때도 있었다. 종암동에 살 때는 꿈도 꿔보지 못한 일이었다. 혼자서 밥을 드시기가 싫다고 수시로 단칸 셋방으로 찾아오는 눈치 없는 시아버지를 피할 수 있다는 게 무엇보다도 좋았다.

경제관념이 흐린 어머니는 지인에게 큰돈을 빌려주고는 떼였다. 자금 회전이 안 되니 구내식당을 유지하기가 어려웠다. 식당은 팔았고, 외상빚을 갚고는 집으로 들어앉았다. 당신의 생애 중 처음으로 전업주부가 되었다. 갑자기 어머니는 종암동 집을 팔고 남가좌동 근처 연희동으로 이사를 왔다. 연희동은 당신의 친정 동기간들이 모여 사는 동네였다. 하지만 그건 핑계였을 뿐 어머니는 둘째아들 곁으로 이사를 온 것이

156   2부 결혼,
                          실망을 끌어안고 계속 살아가기

었다.

시간이 나자 어머니는 천마산에 있는 견성암에 불공을 드리러 다녔다. 그동안 일만 하느라 해보지 못한 일 중의 하나가 절에 다니는 것이었다. 당시는 교통이 지금처럼 좋지가 않아 청량리에서 버스를 타고 구리의 교문리까지 갔다. 거기서 남양주 사릉 가는 버스를 갈아타고 사릉에서 독정리 가는 버스를 타야 했다. 거기서 도보로 천마산 골짜기까지 올라가야 하는 심심산골에 있는 작은 암자였다.

사월 초파일이면 산골 절에는 형형색색의 연등이 켜졌다. 산속은 온통 꽃밭이 된 듯 꽃봉오리가 매달렸다. 그날 어머님은 새벽같이 식혜를 만들어 얼음을 잔뜩 띄워서 동이를 머리에 이고 올라갔다. 천마산 언덕바지에서 숨을 헉헉거리며 올라오는 신도들에게 시원한 식혜 한 사발씩을 내밀었다. 산을 오르느라 땀흘린 후에 얼음이 서걱거리는 식혜 한 사발을 들이켜는 것은 열락悅樂과도 같았다.

"아이구 보살님, 감사합니다. 성불하십쇼."

어머니는 "내가 내는 게 아니라 우리 아들이 내는 거라요. 우리 아들을 위해 부처님께 기도해주소"라고 하셨다.

어머니는 아들을 위해 늘 기도했다. 이래도 아들 저래도 아들, 어머니에게 아들은 당신의 우주였다. 어머니는 아들을 위해 해마다 1년 치 연등을 달았다. 대웅전에 매달린 연등이 부처님께 아침이면 햇빛으로, 밤에는 달빛으로 공양했으니 그 정성을 부처님께서 몰랐을 리가 없다.

그러던 중 아이가 심하게 아파 수술을 받는 일이 생겼다. 나와 남편이 아이를 병원에 입원시키고 수술병동 앞에서 초조해하고 있을 때, 어머니는 견성암 부처님께 매달렸다. 물론 손자의 수술을 위해서도 기도를 바쳤겠지만, 수술병동 밖에서 쓰러질 것 같은 당신의 아들 모습에 애가 타 부처님께 기도를 바쳤을 것이라고 확신한다. 수술은 잘되었고 아이는 회복했다. 어머니는 부처님이 소원을 들어주셨다고 입이 마르도록 견성암 약사여래불의 영험함을 칭찬했다.

어머니가 먼저 원했는지, 아님 절에서 먼저 권했는지 그건 모르겠다. 어머니는 외상으로 큰 금액의 시주를 약속했다. 그냥 기도만 하고 왔더라면 대자대비하신 부처님의 가피로 받아들였을 것이다. 약속한 외상 시주를 갚느라 고생했던 것을 생각하면 기가 막힌다. 심봉사가 외상으로 공양미 300석을 시주해 심청이가 인당수에 몸을 던진 것은 알고 있다. 그러나 그 허구 속의 이야기를 내가 겪게 될 줄은 몰랐다. 우리 처지에는 거액인 시줏돈을 갚느라 얼마나 고생했던지 내가 그냥 인당수에 풍덩 뛰어들고 싶은 심정이었다.

이런 일은 한두 번이 아니라 비일비재했다. 시장 그릇 가게에서는 그릇을, 시계포에선 시계를, 한복집에선 한복을, 심지어 참기름 집에선 참기름까지 온통 외상이었다. 어머니는 당신이 벌어서 쓸 때에도 거의 외상으로 쓰고는 조금씩 떼어 갚는 습관이 있었다. 설령 돈이 있어도 갚질 않았다. 외상이 습관인 것 같았다. 남편의 벌이만으로는 어머님의 씀씀이를 감당하기가 어려웠다.

시아버지는 선한 분이셨지만 성정이 여려 어머니를 통제하지 못했다. 나는 점점 말수가 줄어들었다. 그와 연애를 시작할 때의 약속은 다 허망한 일이 되었다. 결혼은 부부의 생활이기에 두 사람의 삶이 우선해야 했다. 그러나 그는 어머니 앞에서는 그러지 못했다. 거절하지 못했고, 아닌 것도 옳다고 지지했다. 그는 어머니의 든든한 백이자 물주였다.

대신 아이는 점점 말이 늘어갔다. 아빠와 엄마의 냉랭한 사이를 눈치챈 듯 이어주려 애썼다. 얼굴을 마주보게 하고는 손을 잡게 했다. 꽃잎같이 가늘고 작은 손이었다. 단풍잎같이 앙증맞은 손으로 어미의 슬픈 마음을 토닥여주었다. 어떡하든지 빨리 취업해야 했다. 아이는 순위고사(1970년대 사립 사범대와 교직과정 이수자를 대상으로 부족한 교원을 충원한 교사임용고사) 준비로 아침마다 도서관에 가는 어미와의 떨어짐이 고역이었나보다. 우는 아이를 달래면서 오늘은 아이와 지내야겠다고 마음을 먹었다. 이제 발걸음을 떼기 시작한 아이의 걸음은 연한 햇순같이 보드라웠다.

놀이터의 담장에는 야구공만한 분홍빛 수국이 피어 있었다. 까치가 꽃 틈새를 비집으며 드나들자 수국의 둥근 꽃무더기가 흐트러졌다. 꽃은 초여름부터 더위를 준비하려는지 물기를 잔뜩 먹은 모습으로 여름이 왔음을 드러내고 있었다. 아이는 놀면서도 어미가 있는지 확인하려는 듯 연신 뒤를 돌아보았다.

"엄마 여기 있어."

아이는 위태롭게 종종걸음으로 걸어와 안겼다. 머릿속에선 오늘 해야 할 분량의 학습량이 떠올랐지만 어쩔 수 없는 일이었다. 아이가 시소를 잡아당겼다. 모래가 우수수 쏟아졌다. 아이는 기겁을 하고 뒤로 물러섰다. 아이가 솜털처럼 가벼워서인지 시소는 미동도 하지 않았다. 하지만 아이가 시소에 매달리자 잠시 후 무게는 아주 느리게 내려와 중력을 증명하듯 추락했다. 나는 아이를 들어 힘껏 끌어안았다. 새털같이 연약한 생명이 내게 달큰히 안겼다.

안긴 아이는 졸린지 눈을 껌벅거리며 잠투정을 했다. 아이를 업자 바로 잠이 들었다. 집으로 걸음을 옮겼다. 골목을

2부 결혼,
실망을 끌어안고 계속 살아가기

들어서는데 어머니를 만났다.

"오늘은 공부하러 안 갔나보제."

"네. 하두 안 떨어지려구 해서요."

"밥 안 묵었제. 날이 마이 덥다. 냉면이나 묵으러 가자?"

아이는 업힌 채 세상 편하게 잠이 들었다. 앞장선 어머니를 따라 걸었다. 시줏돈을 갚느라 서운했던 감정이 우툴두툴하게 잔류해 있어 입이 잘 떨어지지 않았다. 어머니는 냉면집 문을 열고 들어갔다.

어머니는 비빔냉면을 좋아했다. 입맛이 없다고 수저를 들지 않으시면 남편이 어머니를 모시고 나가 사드리는 음식이었다. 어머니는 양념된 면발을 마치 뻘건 살점이라도 뜯듯이 입을 족족 다시면서 맛있게 드셨다. 1인분으로는 부족했는지 사리까지 추가로 시키고는 내게 반을 덜어주었다. 어머니는 주전자에서 육수를 몇 잔이나 따라 거푸 마셨다. 화장실에 다녀온다고 하며 일어섰다. 그때, 아이가 깼다. 아이는 배가 고팠던지 칭얼댔다. 육수를 조금 먹이자 받아먹었다. 한참을 기다려도 어머니는 오질 않았다. 화장실에 가봤으나 어머니는 계시질 않았다. 그냥 가버린 것이었다.

음식값을 내야 하는데 수중에 돈이 없었다. 아이를 데리고 놀다가 놀이터에서 바로 따라왔으니 돈이 있을 리가 없었

상처 입은 짐승의 비빔냉면

어머니는 비빔냉면을 좋아했다. 어머니는
양념된 면발을 마치 뻘건 살점이라도 뜯듯이
입을 쪽쪽 다시면서 맛있게 드셨다.
1인분으로는 부족했는지 사리까지 추가로 시키고는
내게 반을 덜어주었다. 어머니는 주전자에서
육수를 몇 잔이나 따라 거푸 마셨다.
화장실에 다녀온다고 하며 일어섰다.
한참을 기다려도 어머니는 오질 않았다.
그냥 가버린 것이었다.

다. 황당하고 난감했다. 며느리를 데리고 와서 냉면을 먹은 후에 아무 말 없이 그냥 가버리다니 기가 막혔다. 어머니도 음식 장사를 한 사람인데 이럴 수는 없었다.

남편 회사에 전화를 걸었다. 외근을 나갔다고 여직원이 대답했다. 그렇다고 아이를 데리고 남의 영업장에 마냥 있을 수도 없었다. 근처에 사는 시이모에게 전화를 드렸다. 시이모는 눈치를 바로 알아채고는 부리나케 오셨다.

"그 망할 년이 니한테두 이랬나. 아이고 내사마 망신 시러버서 몬산데이. 할 짓이 없어서 며느리를 잽히서 냉면을 처묵고 도망질을 쳤노."

시이모도 얼마 전에 반지를 잠깐만 껴본다고 해서 빼줬단다. 잠시 한눈파는 사이에 그걸 끼고 나가 반지를 잃어버렸다고 딱 잡아떼니 기가 막힌다고 속상해했다.

집에 오니 어머니가 와 계셨다. 미안해하기는커녕 너무도 멀쩡한 표정이었다. 피가 거꾸로 솟았다.

"왜 그러셨어요. 그냥 냉면을 사달라구 하시죠."

주름지고 뭉툭한 손으로 파를 다듬으며 아무런 대꾸가 없었다. 남편이 퇴근하자 자초지종을 말했다. 나는 그날 사람의 마음이 추락한다는 게 어떤 기분인지를 처절하게 깨달았다.

"니가 엄마한테 돈을 많이 안 주니까 그런 일을 당하지."

"그럴 수도 있지, 뭐 그런 걸 갖구 난리를 치냐구."

그런 말투였다. 얼마나 당황했느냐고 한마디의 위로조차 없이 스타카토의 어투로 딱딱 끊어가며 냉정하게 말했다. 어머니를 방어하려는 데만 전전긍긍하는 태도에 말문이 막혔다. 이런 사람과 계속 살 수 있을지 자신이 없었다. 어머니의 잘못도 미웠지만 일방적으로 편을 드는 남편이 더 괘씸했다. 심장에 굵은 대못이 박히는 기분이었다. 이 결혼 후회하지 않겠냐고 세 번씩 물어본 엄마에게 세 번을 그렇다고 대답했던 기억이 떠올랐다. 남편과 나 사이에 냉기가 헤집고 들어와 꽃샘추위만큼이나 찬바람이 일었다.

누구나 잘못은 할 수 있다. 그러나 잘못에 대해 사과하지 않는 남편과 어머니의 태도에 마음이 닫혔다. 모자간은 화목할지 모르나 나는 그들을 보듬을 수 없는 상처 입은 짐승이 되어갔다. 아무리 장난이었어도 그렇지, 지갑도 없이 아이를 업고 따라온 며느리를 음식점에 두고 사라지다니…… 이해할 수 없는 일이었다. 해명이 있어야 했다. 그러나 시댁의 어느 누구도 말이 없었다. 그냥 나 혼자 겪은 해프닝이었다. 시아버지만 너무 노여워하지 말라고 위로해주었다. 상실감이 워낙 컸던지라 시아버지의 위로도 크게 도움이 되지 않았다.

어른 노릇을 하고 산다는 것은 어른으로서 해야 할 처신을 제대로 하고 사는 것이다. 그것이 무너진 어머니의 다음 행동이 두려웠다. 미움은 절망으로 바뀌었고 절망스러운 마음은 바닥으로 추락했다. 막막했다. 가난은 무지했고 비겁했으며 무례했다. 나는 이것들만 보고 길길이 날뛰었다. 그러나 그것은 약과에 불과했다. 어머니는 치매를 앓고 있었다.

치매는 미동도 경고도 형체도 없었기에 누구도 무서운 증상을 감지하지 못했다. 아주 느리게 매일매일 좀비처럼 교만하게 자라가고 있었다. 몸 따로 마음 따로라고 남편은 몸만 나와 살고 있었다. 마음은 항시 어머니에게 가 있었다. 공복의 빈속처럼 마음이 시리고 따가웠다. 이리 살 바에는 어머니에게 가서 살라고 부탁도 하고 극렬하게 싸우기도 했다. 우유부단한 남편은 그러지도 못했다.

나는 마음의 결핍을 채우느라 전사처럼 일했다. 일터에선 유능하고 일 잘하는 여자로 인정받았다. 사회적인 평가는 결핍을 가리는 기가 막힌 병풍이 되어주었다. 어머니가 우선인 남편과 사는 여자에겐 잎사귀를 다 털어낸 나목처럼 숙연함만 있을 뿐 그 어떤 것도 가슴을 흔드는 감동이 없었다.

아이들은 쑥쑥 자라주었다. 퇴근해 오면 아이들의 옷은 늘 땀으로 젖어 있었다. 한창 자라는 아이에게 아침에 등교할 때 입혀준 한 벌의 옷은 어미의 부재를 의미했다. 그러나 어쩔 수가 없었다. 어미의 선택이 이기적 유전자에서 기원한 것만은 아님을 너희들도 크면 알게 될 것이니까. 배추의 노란 속고갱이가 꽉 찰 때까지 시간이 필요했다. 부부간의 사랑도 익을 때까지는 숙성 기간이 필요했다.

어머니의 실수는 점점 심해졌다. 하지도 않은 말질을 하고 다녔다. 피해자가 된 손위 형님이 찾아왔다. 안 그래도 냉면 사건으로 어머니와 냉전중임을 형님께 말했다.

"혹시 어머님이 치매에 걸린 게 아닐까?"

치매가 아니고서야 이게 말이 되느냐면서 혀를 차셨다. 그러나 그 연세에 벌써 치매라니 말도 안 된다며 우린 둘 다 부정했다.

어머니는 진짜로 망각의 늪에 빠진 것일까? 꼭꼭 숨어야지 안 그러면 머리카락이 보인다고 외쳐대는 술래잡기의 술래처럼 어머니의 치매는 정체를 서서히 드러났다. 가족 모두가 곤경을 겪은 후에야 비로소 어머니가 치매 환자임을 받아들였다. 그렇게도 아니라고 거부했던 남편도 결국 어머니의 치매를 인정했다. 그러나 이미 치료 시기를 놓쳐 어머니의 치매는 중증 상태로 진행이 된 후였다.

세월이 약이 된 건지 내가 철이 든 건지, 가슴속에 단단히 묻어두었던 냉면 사건을 기억의 저 밖으로 내보낼 수 있게 되었다. 어머니에게 나의 남편은 당신의 가슴속에 햇솜으로 만든 폭신한 솜이불 같은 존재였다. 치매 환자의 무의식에 남아 있던 질투심이 벌인 소행으로 믿고 싶다. 아들을 며느리에게 빼앗겼다는 질투심이 며느리를 냉면집에 잡혀놓고 망신을 준 것으로 말이다. 그래야 당신으로선 통쾌하게, 세게 한 방을 날린 셈이 되니까. 그리 생각하지 않으면 세상을 사는 어떤 상식으로도 이해할 수 없는 일이 되어버리기 때문이다.

그 이후로도 어머니의 치매로 인한 고생은 이루 다 말할 수가 없다. 치매는 얼마 안 남은 기억들마저 주인의 허락도 없이 다 가져갔다. 체면과 기본적인 예의마저 만신창이가 되게 했다. 운명하기 전까지 당신이 찾는 대상은 오직 아들밖에 없었다.

마지막까지 먹은 음식은 잘게 자른 냉면의 면발이었다. 그 면발을 종일 오물거렸다. 어머니의 인생은 아들에게서 시작되어 아들에게 머물다 아들의 품에서 영면했다. 나는 그 옆에서 낄 틈도 없이 그 사람의 아내로 살았다. 치매 환자의 심술은 내성이 고약해 속이 시커멓게 타들어갔지만 그렇다고 대항할 수도 없었다. 그러니 어찌 내 삶이 힘들지 않았겠는가? 그렇다고 말본새 없는 경상도 남자에게 "고맙다" "애썼다"는 말도 제대로 들어보지 못했다.

하늘은 빛을 내려놓고서야 일몰을 허락했다. 부부간의 아기자기한 사랑도 젊은 날의 욕정과 기대가 만든 욕심이었다. 욕심을 내려놓고 나니 비로소 평화가 찾아왔다. 그동안 나에게 냉면은 목구멍에 걸린 생선 가시와 같은 음식이었다. 묵은 마음을 봉헌하니 가시가 쓸려 내려갔다. 이제 냉면을 맘놓고 먹을 수 있을 것 같다.

2부 결혼,
실망을 끌어안고 계속 살아가기

붉은 고춧물이 든 엄마 손,
그리고 매운 마음

'식해食醢'는 토막낸 생선에 고춧가루, 무, 소금, 밥, 엿기름을 섞어 숙성시킨 저장식품이다. '가자미식해'는 몸이 납작하게 생긴 생선인 가자미와 좁쌀을 숙성시켜 만든 음식이다. 그래서 '식혜'로 혼동하지 말고 '가자미식해'로 써야 한다.

가자미식해를 만드는 방법은 젓갈, 김치, 술, 식혜의 제조법과 비슷한 점이 많다. '식食'은 밥을 뜻하고 '해'는 어육으로 담근 젓갈 해醢 자를 합쳐 밥을 삭힌 음식이라는 뜻이다. 엿기름과 섞인 밥은 당화작용을 하여 발효를 일으키는데, 시간이 지나면 단맛과 신맛이 생긴다. 슴슴하면서도 살짝 신맛이 나서, 젓갈보다는 초무침에 가깝다.

1950년 12월 8일, 유엔군 사령부가 흥남 철수 명령을 내리자 1·4후퇴가 시작되었다. 곧이어 중공군이 함흥으로 밀어닥쳤다. 중공군은 젊은 사람만 보면 무조건 끌고 간다는 소문이 돌았다. 이때 잠시 피했다가 돌아오겠다고 집을 나선 아버지는 가족과 영영 이별하게 되었다. 배로 철수하는 방법 빼고는 함경도 쪽의 피란민은 남쪽으로 내려갈 방법이 없었다. 아버지는 가까스로 장진호를 탔다.

아버지의 어머니, 즉 나에게 친할머니인 한후복 여사는 골격과 체격이 크고 키가 장신인데다 덩치가 장백산맥만큼이나 우람하여 기골이 장대한 여장부였다. 아버지는 어머니를 고향땅에 두고 온 자신을 못내 원망했다. 아버지가 외할머니를 좋아한 이유는 단 한 가지였다.

"북에 있는 우리 오마니랑 생일이 같아서리."

단지 그 이유로 장모를 좋아했다. 경제력이 변변찮은 처남들로 인해 갈 곳이 마땅찮았던 장모를 모시게 되었다.

아버지는 처음엔 곧 삼팔선이 뚫리면 고향인 함흥 땅에 갈 수 있으려니 해서 매일 뉴스만 듣고 살았다. 갈수록 태산이라고 전쟁은 지루하게 이어졌고, 그러다 휴전선이 그어져 고향에 갈 수 있는 길은 점점 어려워졌다. 이북에서 내려온 피란민들은 부산에서 만나 서로 연락을 주고받았다. 거기서 동생

170

들도 만났고 이모와 고모도 만났다. 그러나 정작 부모님과 처자식의 소식은 들을 수가 없었다.

절망한 아버지는 그때부터 방황하기 시작했다. 집안의 맏이가 되어 부모와 처자식을 챙기지 못했다는 자괴감이 아버지를 괴롭혔다. 전쟁통이었어도 가족을 챙겨 내려온 가장도 많았다. 그런데 아버지는 자기만 살겠다고 남한으로 내려와 목숨을 부지하고 사는 게 한심스럽고 죄스러웠다. 아무리 마음을 다잡으려 해도 잡히질 않았고 빈 술병처럼 공허했다. 고향에서 내려올 땐 살을 후벼파는 추운 겨울이었는데 봄이 오고 여름이 지나고 가을이 왔다. 지독한 그리움에 몸살을 앓았다. 외로움은 성격을 변하게 만들었다. 집으로 가봐야 아무도 없는 빈방의 객고客苦는 술과 여자를 가까이하게 했다.

방적紡績 기술을 가지고 있던 아버지는 피란지 부산에서 일본인들이 버리고 간 중고 방직기계를 사서 옷감을 생산했다. 안 그래도 물자가 부족한 전시 상황에서 직물은 만들기가 무섭게 팔려나갔다. 피란지에서 돈을 부지기수로 벌었다. 돈 많고 잘생긴데다 혼자인 젊은 사장을 가만히 놔둘 사람은 없었다. 주변에서 여자들이 바글바글 모여들었다. 아버지도 밤을 혼자 보내기가 싫을 나이였다. 아버지의 애정사는 그렇게 시작되었다.

속절없이 세월은 가는데 남과 북의 상황은 점점 경직되기만 했다. 이렇게 세월만 보내다가는 부모님이 돌아가셔도 어쩔 도리가 없을 것 같아 속이 탔다. 살아 계신다면 몰라도 만약 전쟁통에 돌아가셨다면 제사라도 모시는 게 도리였다. 그러나 돌아가신 날짜를 모르니 어찌할 방법이 없는 처지를 한탄했다. 전주 이씨 집안의 맏이로 태어난 아버지는 유교식 전례前例를 모시는 것과 예법엔 지극정성이었다.

피난 내려와 10년간은 '절대 우리 오마니는 돌아가시지 않으셨을 게야' 하는 마음으로 소식을 기다렸다. 우여곡절을 겪은 끝에 남쪽으로 내려온 이모의 말에 의하면 아버지가 살던 함흥시 황금정 일대에는 여러 번의 폭격이 있었다고 했다. 그러나 아버지는 그 말을 믿고 싶지 않았다. 남쪽으로 피난을 내려온 첫해 아버지는 오마니의 생일날, 생일상을 거하게 차렸다. 비록 오마니가 옆엔 계시진 않았지만 오마니가 제일 좋아하는 음식인 가자미식해를 올리면서 "오마니 많이 드시라우요" 하며 혼자만 내려온 자신의 불효를 자책했다.

아마도 인연이 되려고 그랬던 것 같다. 외할아버지는 대구 동성로 부근에서 이름난 곽주부 한의원을 운영했다. 폐병에 걸린 아버지의 막냇동생인 도규 삼촌과 인연이 닿아 치료해주었다. 경상북도 근동에서는 명의로 소문이 났던 외할아버지는 한방만을 고집하진 않았다. 당시엔 구하기 힘들었던 결핵치료제인 스트렙토마이신을 구입해 한방치료와 병행했다. 불치병으로 모두가 죽는다고 포기했던 폐병에 걸린 도규 삼촌은 살아났다.

사선을 넘어온 동생을 기적처럼 살려내자 그 인연으로 아버지는 외할아버지의 한의원을 들락거리게 되었다. 그러다 한창 꽃물이 올라 있던 스물두 살 처녀였던 엄마를 보게 되었다. 아버지는 엄마에게 홀딱 빠졌고 중매쟁이를 넣어 혼인을 청했다. 하지만 그때 엄마에겐 좋아하던 사람이 있었다. 엄마는 싫다고 거절했다. 그러나 돈이 많았던 아버지는 엄청난 돈을 외가에 풀었다. 아버지의 물량공세에 빠진 외삼촌들에게 등 떠밀려 엄마는 혼인하게 되었다. 지금 같았으면 말도 안 되는 이야기지만 예전엔 가난한 친정을 위해 총대를 멘 착한 딸들이 많았다.

"내가 늬 이모처럼 야반도주를 했었다면 인생이 요 모양 요 꼴이 되진 않았을 거다. 내 평생 후회되는 일이 그때의 일이었데이."

귀에 딱지가 앉을 정도로 그 소릴 들으며 컸다.

"그놈의 양반이 뭐라꼬 양반 체면 차리느라고 요 꼬라지가 됐다 말이래."

엄마처럼 살지 않겠다고 나는 아버지와 정반대 성향의 남편을 만났다. 우여곡절을 겪으면서도 이혼하지 않았던 것은 엄마가 매일 읊조려 못이 박일 정도로 들었던 말의 최면 효과 때문이었다. 엄마 말엔 뼈가 들어 있었고, 내 피에는 자긍심이 흐르고 있었다.

"그놈의 양반 체면이 뭐라고……"

나는 양반이었다. 나는 이성계의 자손인 전주 이씨와 막우당의 자손인 현풍 곽씨 사이에서 태어난 양반의 자손이었다. 나는 이 말의 훈시를 한시도 잊은 적이 없었다. 그러니 절대 함부로 살아선 안 되었다. 바보 같다는 소리는 듣고 살아도 도의와 양심에 어긋난 행동은 하고 살 수 없었다.

아버지는 결혼하고 언니와 나를 낳을 때까지는 가정에 충실했다. 그러나 둘째인 내가 딸로 태어나자, 그걸 핑계로 아버지의 바람은 시작되었다. 겨우 두 명의 딸을 낳았을 뿐인데 엄마는 내리 딸만 낳는 여자로 찍혀버렸다. 엄마의 나이는 고작 스물여섯 살, 그때부터 남편을 다른 여자와 공유하는 모진 인고의 세월이 시작되었다.

아버지의 바람이 시작되자, 엄마는 가출로 엄포를 놓았

다. 그러나 그것도 먹히지 않자, 이러고 살면 뭐하나 싶어 목숨을 끊을 결심을 했다. 시퍼렇게 젊은 나이에 말이다. 그런데 그날따라 내가 유난히도 엄마의 젖가슴을 파고들며 안 떨어지더란다. 어린것이 하도 집요하게 안 떨어지니 내가 죽으면 이 어린것들은 어찌되나 싶어 정신이 번쩍 나더란다. 그날 이후 엄마는 아버지의 바람을 피하려 들지 않고 맞받아치는 작전을 세웠다.

엄마는 모성애가 강해 아이를 두고 집을 떠나지 않으리라는 것도, 가난한 친정을 버릴 수 없다는 것도 아버지는 알고 있었다. 발버둥쳐봐야 벗어날 수 없다는 걸 안 이상 엄마는 운명으로 받아들이기로 했다. 자책하거나 원망하지 않고 집안의 주도권을 엄마가 쥐는 것으로 판세를 뒤집었다. 그때부터 엄마는 마치 기생 점고를 받듯, 본처의 권위로 아버지 첩들의 문안 인사를 받았다. 문안 점고를 하지 않는 첩실에게는 생활비를 절대 주지 못하게 했다. 서슬이 시퍼런 본처의 권위 앞에서 아버지는 엄마의 말에 따를 수밖에 없었다. 돈 앞에 장사 없다고 첩들은 엄마 앞에서 설설 기었다.

그러나 아버지의 바람기로 인해 화병이 생긴 엄마는 잠시도 몸을 가만히 내버려두질 않았다. 몸이 가만히 있으면 근심이 생겨 속이 뒤집어진다고 늘 몸을 움직였다. 외할머니와 엄마는 주로 부엌에서 음식을 만들었다. 대지를 설레게 하는 햇빛의 포옹이 사라진 저녁이면 엄마는 늦게까지 백열전구 불빛 아래서 재봉질을 했다. 솜씨가 좋은 엄마는 옷본만 보고도 원피스를 만들 수 있었다. 레이스가 오글거리는 똑같은 원피스를 세 딸들에게 만들어 입히고는 그 모습에 만족해했다. 엄청난 과로가 밀려왔지만 엄마의 재봉질은 자신이 겪어보지 못했던 유년 시절의 로망을 딸들에게 투영하기 위한 일이었다.

외할머니의 음식 솜씨는 엄마에게 거의 전수되었다. 게다가 이북에서 피난 온 아버지의 이모는 집안의 행사 때마다 와서는 이북음식을 엄마에게 가르쳐주었다. 눈썰미가 있었던 엄마는 웬만한 이북음식은 거의 이모할머니한테 배웠다. 그중에서도 가장 잘 만드는 것은 메좁쌀과 납작 가자미를 넣고 삭혀 만드는 가자미식해였다. 엄마가 만드는 가자미식해는 시간이 지날수록 오돌오돌한 무와 좁쌀의 발효에서 나는 향이 코를 찌르며 오묘한 맛을 냈다. 가자미와 좁쌀이 발효될수록 쫀득쫀득하게 씹히는 식감도 좋았다. 명절날, 아버지 친구분들이 왔을 때 가자미식해는 가장 인기 있는 메뉴였다.

"아주마이, 이북 오마니 가재미 맛과 비슷하우다."

친할머니가 담근 가자미식해 맛과 비슷하다는 말은 엄마에겐 최고의 찬사였다.

2부 결혼,
실망을 끌어안고 계속 살아가기

내 외할머니의 생일이자 친할머니의 생일이었던 날, 북에 두고 온 어머니가 그리웠던 아버지는 같은 날이 생일인 외할머니의 생일을 성대하게 준비했다. 남녘 지방 반가班家에서는 아녀자의 생일을 크게 차리지 않았다. 외할머니는 아버지의 떠들썩한 상차림을 남사스러워했다.

"아이고, 이서방 됐다마, 다 늙어서 생일상을 이래 차리믄 조상님 보기에도 부끄러븐 기라. 자네 마음만으로 충분테이……"

그러나 아버지는 북쪽의 어머니 생일이기도 했기에 그냥 지나가고 싶어하지 않았다. 오히려 더 성대하게 치르고 싶은 마음이었다. 물론 이런 아버지의 마음을 엄마와 외할머니는 나중에야 알게 되었지만 말이다. 소 한 마리를 잡아 성대하게 잔칫상을 차렸다. 일가친척들은 며칠 동안 밥을 안 해먹을 정도였다니 얼마나 생일잔치를 크게 벌였는지 짐작이 가고도 남는다.

아버지는 이북 사람답게 스케일이 컸다. 뭘 사다달라고 부탁하면 한두 개 낱개를 사다주는 적이 없었다고 한다. 짝으로 사주거나 아예 통째 사다주었다. 쇠고기를 사오라고 하면 소 한 마리를 지고 왔다고 하니 말해 무엇하겠는가.

어느 해인가 외할머니의 생일날 아침, 아버지는 새벽부터 일어나 눈물을 뚝뚝 흘렸다. 꿈에서 어머니를 보았는데 돌아가신 것 같다며 슬피 울었다. 그러곤 "이제부턴 오늘이 울 오마니 제삿날이야" 하고 일방적으로 제삿날을 정해버렸다. 외할머니는 자신의 생일날이 사돈의 제삿날이 되어버렸다.

공짜 점심은 없다고 외할머니는 몇 년 동안 생일상을 잘 얻어먹은 대가로 자기 생일날에 사돈의 제사상을 차리게 되었다. 할머니는 팔자에 일복을 타고나서 그렇다고 "괜찮데이. 내가 뒷방에 가마 앉아 있음 뭐하겠노" 속상해하는 엄마를 다독였다.

아버지는 오마니가 좋아하는 가자미식해는 꼭 제사상에 꼭 올려야 한다고 했다. 누가 보면 제사상에 뻘건 고춧가루가 든 음식을 올리는 게 웬 말이냐고 흉을 볼지도 몰랐다. 그러나 아버지는 당신의 어머니가 가장 좋아하는 음식이라 당연히 올려야 한다고 가자미식해를 고수했다.

외할머니의 생일날인 동짓달 스무아흐렛날은 몹시 추웠다. 미역국을 끓이는 것만도 손이 많이 가는데, 제사상까지 준비하자니 아침부터 정신없이 바빴다. 게다가 가자미식해는 며칠 전부터 삭혀놓았다가 당일날 무쳐야 맛이 있었다. 친할머니의 제사를 모시면서부터 해마다 외할머니는 생일을 개보름 쇠듯이 보내게 되었다. 사돈의 제사 음식을 장만하느라 아침에 미역국도 먹는 둥 마는 둥 드셨다. 엄마는 속이 상했지만 어쩔 도리가 없었다.

그날의 사건은 영도댁으로 인해 벌어졌다. 영도댁은 제사 일을 도우러 왔다. 비교적 오래된 아버지의 첩이었다. 영도댁은 전쟁미망인으로 성격이 칼칼하고 드셌다. 엄마는 "지가 그래봤자 첩년 아니겠냐"며 영도댁의 위세에 조금도 꺾이지 않았다. 첩들이 집으로 찾아오면 집안은 전쟁터만큼이나 긴장감이 돌았다.

영도댁은 그날 제사 도우미를 자처하며 엄마랑 한바탕 붙으려고 작정을 하고 온 것 같았다. 제사를 도우러 온 사람이 비로드 천으로 만든 한복을 좌악 빼입고 온 것부터 누가 봐도 이상했다. 당시 비로드는 워낙 고가라서 쉽게 구입할 수 있는 옷감이 아니었다. 엄마도 비싸서 엄두를 못 내고 있던 옷감인데 영도댁이 그걸 입고 나타나자, 엄마는 그만 배알이 뒤틀려 버렸다.

"헛! 첩년이 제사를 도우러 와서는 비로드를 좌악 빼입고 와?"

영도댁 입장에서는 '나는 영감이 해줬는데 니는 안 해줬제?' 엄마를 약올리려는 심산이 깔려 있었을 것이다.

아버지가 조강지처를 뛰어넘고 첩부터 비로드 옷을 해준 것 자체가 일부다처제의 위계질서를 위반한 것이다. 안 그래도 아버지에 대한 불만이 쌓였던 판에 첩부터 고가의 비로드 옷을 해주고 조강지처에겐 제사 일을 맡긴 아버지의 행동은 누가 봐도 모양새가 나지 않는 처신이었다.

그때 엄마는 삭힌 가자미와 조밥에 굵게 채 썬 무를 넣고 고춧가루에 버무리던 중이었다. 가자미가 발효되어 삭힌 냄새가 폴폴 올라왔다. 엄마의 손은 붉은 고춧물이 들어 있었다. 손등엔 좁쌀이 달라붙어 마치 씨가 톡톡 터질 것 같은 맨드라미처럼 보였다. 엄마는 쭈그리고 앉아서 가자미식해를 항아리에 꼭꼭 눌러담고는 뚜껑을 덮었다.

"오매요, 퍼뜩 나오소. 비싼 거 젤 먼저 받아 묵는 년더러 제사상도 다 차리라 카소."

그길로 집을 나와 외할머니, 엄마 그리고 우리 넷은 청량리역에서 춘천행 기차를 탔다. 동짓달 스무아흐렛날의 추위는 대단했다. 아무리 옷을 여며도 옷 속으로 냉기가 파고들었다. 게다가 엄마와 외할머니는 제사상을 준비하다가 갑자기 집을 나왔으니 옷인들 제대로 갖춰 입었겠는가? 제사 준비하느라 점심도 못 먹고 집을 나온데다 속은 비었고 기차 안은 추웠다. 그러나 우리들은 신이 났다. 엄마는 삶은 달걀과 사이다

엄마의 붉은 마음, 가자미식해

그때 엄마는 삭힌 가자미와 조밥에
굵게 채 썬 무를 넣고 고춧가루에 버무리던 중이었다.
가자미가 발효되어 삭힌 냄새가 폴폴 올라왔다.
엄마의 손은 붉은 고춧물이 들어 있었다.
손등엔 좁쌀이 달라붙어 마치 씨가
톡톡 터질 것 같은 맨드라미처럼 보였다.

를 사주었다. 우리들은 쉬지 않고 조잘거렸다.

그때 문득 엄마를 쳐다보았다. 엄마는 급히 나오느라 손도 씻고 나오지 못했는지 빨간 고춧물이 손에 그대로 남아 있었다. 엄마 손이 따가울 것 같다는 생각이 들었다. 엄마 손이 고춧가루에 부식될 것 같아 엄마에게 말했다.

"엄마, 안 따가워?"

"게안타."

엄마는 그 손으로 흐트러진 머리를 모아 뒤로 하나로 묶어주었다. 엄마 손에서 양념 냄새가 났다. 엄마는 수심이 가득한 얼굴로 차창 밖을 쳐다보고 있었다. 짧은 겨울해는 하늘을 붉게 물들이더니 기차의 긴 꼬리에 걸려 넘어가고 있었다. 엄마는 떨어지는 해를 보며 우는 것 같았다. 서울이 멀어질수록 엄마의 얼굴엔 국이 끓어넘치듯 만감이 교차했고, 마침내 흐느꼈다. 손도 빨갰지만 눈도 점점 빨개졌다.

그러는 중에도 모정은 잠투정하는 막내를 안고 무릎 위에서 재웠다. 엄마는 입고 있던 코트를 벗어 막내에게 덮어주었다. 동생의 몸은 점점 밑으로 처진 채 내려갔고 엄마의 마음도 같이 내려앉는 것 같았다. 엄마의 마음이 기차 바닥에 닿기 전에 다행스럽게도 춘천역에 기차는 도착했고 우리는 내렸다. 터미널에서 화천행 시외버스를 기다렸다.

2부 결혼,
실망을 끌어안고 계속 살아가기

버스 출발 시간을 기다리는 동안 얼마나 추웠던지 제비다리를 부러뜨린 놀부의 심술보다 춘천의 겨울 날씨가 더 고약하게 느껴졌다. 터미널의 시설은 어찌나 열악하던지 추워서 이가 딱딱 부딪칠 정도였다. 몇 번의 검문소를 거쳐 깊은 밤이 돼서야 버스는 화천에 도착했다. 외할머니는 멀미에 지치셨던지 이모네 집에 도착했을 땐 거의 실신 상태였다. 우리들을 본 이모와 이모부는 얼마나 놀랐던지 한동안 입을 다물지 못했다.

자신의 생일날, 외할머니는 사돈의 제사 음식을 장만하느라 미역국도 제대로 먹지 못했다. 게다가 엄마는 일하다 말고 버럭 화를 내고는 집을 나와 종일 헤매다 화천까지 왔다. 도깨비에 홀려도 단단히 홀린 날이었다. 외할머니는 배가 고파 속이 쓰리다못해 등가죽에 달라붙었다. 이모는 얼른 밥을 지으러 부엌으로 나갔다. 장작불에 밥을 지어야 하니 아무리 빨라도 삼십 분은 걸릴 터였다. 할머니는 보따리에서 주섬주섬 무엇인가를 꺼냈다. 집에서 나올 때 싸들고 온 가자미식해였다. 눈치 빠른 이모부는 막걸리를 주전자에다 가득 담아왔다.

부엌 안에는 아궁이와 함께 페치카 모양의 난로가 있어 장작불이 타오르고 있었다. 난로 주변엔 온돌 모양으로 만든 약식 구들이 있었다. 간이부엌 겸 식사를 하는 곳이었다. 할머니와 엄마는 얼었던 몸을 녹였다. 이모부와 할머니, 그리고 엄마는 가자미식해를 안주로 막걸리를 마셨다. 빈속에 막걸리가 들어가서인지, 아니면 속이 상하던 차에 막걸리를 마셔서인지 엄마는 대취했다. 못 사는 친정 때문에 내 신세를 망쳤다면서 엄마는 울었다. 미처 문장이 완성되지 못한 말들이 막 튀어나왔다. 입에서 다 뱉어지지 못한 말들은 울음으로 토해냈다.

그때 나는 보았다. 장작불에 어룽진 엄마의 손은 빨갛게 고춧물이 들어버린 오동통한 가자미식해 같았다. 바닷속을 헤엄치던 납작 가자미는 물결에 실려 올라오다 그만 바다를 놓쳐버린 거였다. 가자미가 식해가 되려면 제 몸이 삭아 없어져야 비로소 맛을 낼 수 있다. 엄마도 마찬가지였다. 화천에 온 엄마는 가슴속에서 타오르는 불길을 삭이지 못하고 그대로 놔두었다. 애써 끄려고 하지 않았다. 슬픔은 얼음 밑 호수를 헤엄치는 빙어처럼 팔딱거렸지만 엄마는 그대로 두었다. 어쩌면 화천에서의 일탈은 엄마에게 은총의 시간이었는지 모른다. 그저 참고만 지내왔던 엄마의 결혼생활을 점검할 수 있었던 기간이었다.

추억을 기억으로 묻어두는 일은 아름답지만 거의 포장된 경우가 더 많다. 지나간 것은 다 아름답다고, 대체로 지나간

2부 결혼,
실망을 끌어안고 계속 살아가기

것에 대해서는 너그럽게 생각하려는 경향이 있다. 이모부는 밤새 엄마의 주사를 들어주며 위로했고, 할머니는 엄마를 달랬다. 할머니는 속이 터지는지 막걸리를 들이켜더니 휴우~ 하고 한숨을 쉬었다. 가자미식해를 안주로 드셨는데 무 씹는 소리가 어찌나 맛있게 들리던지 씹는 소리만으로도 나는 침을 흘렸다.

밤새 처형의 주사를 들어준 이모부는 엄마의 기분을 풀어주려고 중국집을 며칠 쉬었다. 그리고 우리는 울진으로 여행을 갔다. 해안가에선 비릿한 해조류의 냄새가 풍겨왔다. 엄마의 눈에서 핏기가 거두어졌다.

우리는 바닷가 민박에서 1박을 했다. 파도에서 거품이 일었다. 소금의 습기를 말려주려면 바람이 불어와야 했다. 엄마는 바다에 갔다 와서 어느 정도 푸석거리는 마음의 염분기를 다스린 것 같았다. 자식 넷에 친정어머니까지 데리고 시어머니 제삿날에 가출을 감행할 정도로 무모한 사람은 아니었음에도 말이다.

결혼 전 엄마는 간호사였다. 아버지와 헤어지고 화천에서 간호사로 취직하여 살아갈 생각을 굳힌 것 같았다. 화천은 군사도시라 기혼 여성에게도 취업의 기회가 있었다. 엄마의 생각은 점점 굳어졌고, 이 생각은 아버지가 절대 충성하는 띵까 영감님에게 전해졌다. 더이상 일부다처의 상태로는 살아갈 수가 없다고 생각한 엄마는 첩들을 정리하거나 이혼하거나 둘 중의 하나를 요구했다. 당시의 사회적 인식으로는 파격적인 일이었다. 그러나 이혼을 각오한 엄마에게는 눈에 뵈는 게 없었다. 아버지는 화천으로 달려오셨다. 엄마에게 사정하면서 무릎을 꿇었다. 그러나 엄마는 아버지의 호소에도 눈한 번 깜빡하지 않았고 넘어가지도 않았다.

아버지는 제일 먼저 본보기로 영도댁과의 관계를 청산했다. 그녀가 이 일의 사달이라 생각했기 때문이었다. 그러나 엄마에겐 씨알도 먹히지 않았다. 엄마는 협상의 달인이었다. 아버지를 다룰 줄 알았다. 아버지는 마음이 공허한 사람이었기에 조금만 잘해줘도 흔들리는 사람이었다. 아버지는 남쪽에 피난을 내려와 살았어도 마음을 붙이지 못했다. 죄의식으로 인해 전처와 비슷한 여자만 보면 그냥 빠져들었다. 그리고는 엄마에게 미안해 고개를 숙인 채, 무턱대고 잘해주려는 행동으로 무마하려는 머저리같이 순진한 사람이었다.

엄마는 화천에서 올라오지 않았다. 그리고 이혼 소송을 시작했다. 아버지는 당시의 가치관으로는 남자 망신을 시키는 사람이 되는 셈이었다. 결국 물러터진 아버지는 엄마한테 손을 들었고, 첩들은 하나둘씩 정리가 되었다. 아버지의 고백에 의하면 여자들이 먼저 꼬셨지 아버지가 시작한 건 아니었다고 하니, 믿어야 할지 말아야 할지 그건 독자들의 판단에 맡기겠다.

그럼 화천에서의 3개월을 우리들은 어떻게 보냈냐고? 천국이었다. 강에 가서 썰매도 타고 얼음에 구멍을 내서 빙어 낚시도 했다. 엄마는 죽을 맛이었겠지만 우리들은 천국 같았다. 이모부는 매일 중국음식을 해주었고, 가끔가다 미군들이 먹다 남긴 음식이라면서 존슨 찌개를 만들어주었는데, 그 맛이 환상적이었다. 집에 가고 싶지 않았다. 무서운 아버지 얼굴을 보는 것보다 유쾌하고 같이 놀아주는 이모부가 좋았다. 그러나 학교를 마냥 빠질 수가 없어 언니와 나는 서울로 올라와야만 했다. 엄마도 외할머니도 없는 빈집에서 언니와 나, 둘이서 집을 지켰다.

학교에 갔다 오면 나는 아무도 없는 집에서 엄마가 담가놓고 간 가자미식해를 꺼내 밥을 먹었다. 너무 삭아서 쿰쿰했지만 그래도 먹을 만했다. 땅속에 묻은 식해는 뚜껑을 여는 순간 냄새가 쐬— 하니 올라왔다. 그러나 그 냄새가 일품이었다. 언니는 그 냄새를 질색해 쳐다보려고도 하지 않았다. 청량하게 곰삭은 맛은 오히려 드라이해서 좋았다. 아버지와 나는 식성이 같았다. 냉면을 비벼 먹을 때도 가자미식해를 넣어 먹었다. 아버지는 싫었지만, 신기하게도 식성은 일치했다. 미워하는 사람과 좋아하는 음식이 같다는 것은 항상 오묘한 감정이 들게 했다.

언니는 먹지 못해 몸이 꼬챙이처럼 말라갔다. 엄마는 언니가 먹지 못해 말라가니 어쩔 수 없이 올라왔다. 물론 아버지의 백기 투항을 받고서 말이다. 그러고는 이혼 소송을 취하했다. 아버지는 자줏빛 비로드 옷감을 엄마에게 선물했다. 그러고는 통장 몇 개를 엄마에게 맡겼다. 이쯤 되면 엄마의 승리가 확실했다. 외할머니 생신은 하루 전날에 축하하고 친할머니 제사는 동짓달 스무아흐렛날에 하기로 정해졌다. 생일은 당겨서도 치른다고 하니 외할머니도 흔쾌히 찬성했다.

영도댁의 깽판으로 인해 엄마는 오지게 한판 승리를 거둔 셈이다. 영도댁은 아버지를 좋아해 아버지와의 이별을 받아들일 수가 없었다. 영도다리에서 뛰어내리겠다고 난리를 쳤지만 아버지는 엄마와의 약속을 지켰다. 아버지의 삶은 한국전쟁으로 인해 엉망진창이 된 인생이다. 고향에 부모와 처자식을 두고 강제로 생이별을 했으니 말이다. 엄청난 상실감이 성품을 변하게 한 것으로 여겨진다. 이북 고향에다 두고 온 부모님과 처자식들, 그들을 두고 자기만 내려온 것에 대한 미안함으로 점철된 인생을 살았다. 혹자들은 이렇게 말할 것이다. 그런 마음이었음 더 바르게 살지 왜 그리도 많은 여인들을 취하며 살았느냐고. 고립무원의 마음을 풀 곳 없었던 물러터진 아버지는 여인의 품에서 안식을 취하려 했던 것 같다.

아버지는 현재의 본능에 충실하며 살았다. 꽃밭에서 향기에 취하기보다는 오히려 꽃망울의 매혹에 당황했던 사람이었던 같다. 그래서 남들은 길을 잃어도 아버지는 절대 길을 잃지 않는 사람인 줄 알았다. 길을 잃진 않았지만, 그 대신 52세의 나이로 이승에서의 빠른 마침표를 찍었다. 생전에 긴긴 시간을 고통스러워하며 죄의식으로 보냈던 불면의 밤. 이젠 오마니의 품에서 숙면을 취하고 있는지 여쭤보고 싶다.

"오마니를 만났으니까니 곤히 주무시겠지요?"

3부

엄마의 딸이 되려고
몇 생을 넘어 여기에 왔어

나를 살린 애자씨의
홍합미역국과 낙지볶음

애자씨를 알게 된 것은 30대 후반쯤이었다. 20평대의 조합 아파트를 마련하자 달마다 융자금 상환고지서가 여지없이 날아왔다. 빚을 갚으라는 기별은 어찌 그리도 빠른지 그걸 갚느라 정신없이 바삐 뛸 때였다. 빚을 갚느라 몸은 고달팠지만, 그래도 내 집을 장만했다는 뿌듯함은 짐도 제대로 못 풀고 살았던 전세살이의 서러움을 상쇄하고도 남았다. 어스름 녘이면 경보 선수처럼 빠른 걸음으로 복도를 걸어 현관문을 따고 들어가는 단발머리 여인을 스쳐지나가며 몇 번 보았다. 딸아이에게 서예를 가르치려고 간 아파트 상가의 서예학원에서 또 그 여자와 마주쳤다. 전라도 사투리를 쓰는 여자는 서예학원 원장님과 대화중이었다.

비가 추적추적 내리는 날, 여자는 목발을 짚은 덩치 큰 남자를 앞세운 채 걸어가고 있었다. 여자의 양손엔 짐이 들려 있어 우산을 쓰지 못하고 쏟아지는 비를 다 맞았다. 여자는 거구의 남자를 차 안으로 가까스로 밀어넣었다. 남자가 차에 타자, 여자는 운전석에 오르더니 포텐샤 승용차를 한 손으로 몰고는 씩씩하게 떠났다.

그게 내가 여자와 스친 우연한 장면들이었다. 그후로도 오다가다 복도에서 간간이 스쳤다. 안면을 익힐 때쯤 15층에 사는 아줌마인 평초萍草에게 여자를 소개받았다. 여자의 이름은 애자愛子였다. 나는 여자를 애자씨라 불렀다. 평초는 아파트 상가의 서예학원에 다니는 서생書生이었다. 서예학원 출신으로 실력이 어느 정도 수준에 이르면 원장님은 직접 호를 지어주었다. 그래서 15층 아줌마의 호는 평초였다. 왠지 이름보다는 호로 부르는 것이 더 고상해 보였으므로 우리는 그녀를 평초라 불렀다.

그러나 애자씨의 실력은 아직 호를 받을 정도는 아니라서 그냥 애자씨였다. 나는 서예학원의 수강생은 아니었지만 학부형이어서 원장님의 고객이 되었다. 게다가 평초와는 막역한 사이였기에 서예학원에 들락거리는 게 용인되었다. 아마도 그때가 내 인생에서 가장 물기가 촉촉했던 시절이 아니

3부 엄마의 딸이 되려고
몇 생을 넘어 여기에 왔어

었나 싶다. 아파트도 장만한데다 시동생들도 직장에 취직하여 시댁의 형편도 좋아졌다. 남편은 승진하여 점점 바빠졌다. 본가에 자주 들르지 못하다보니, 자연스레 시어머니와의 거리가 조정되었다. 아이들도 초등학교에 다니고 있어 어느 정도 말귀를 알아들었다. 잔손이 많이 가는 시기에선 벗어난 때였다.

남편은 열정적으로 일했다. 그는 일할 때가 가장 행복해 보였다. 일을 즐기는 사람이었다. 일을 통해 자기 능력을 드러내는 것을 좋아했다. 자기만이 그 일을 할 수 있는 사람처럼 일에 매달렸다. 업무로 선수를 뽑았다면 당당히 프로 선수로 데뷔했을 것이다. 그러니 주말도 없었다. 요즘이나 워라밸이니 일과 가정의 양립이라는 말이 있지 그때는 그런 말 자체가 없었다. 그의 머릿속엔 인생을 즐기며 산다는 개념 자체가 없었다. 그저 노력과 근면, 성실만이 재화 획득의 수단이었고, 그것만이 행복을 가져다준다고 믿었다. 갖고 싶은 것, 먹고 싶은 것, 하고 싶은 것, 이 모든 것은 먼 미래로 미루어야 했다. 그런 미래가 언제 올지 생각조차 해본 적도 없었겠지만 말이다.

과로로 인한 후유증이었던지 일에 빠진 그는 채 마흔도 되기 전인데 갑자기 성기능이 중지돼버렸다. 아니 성생활을 하지 않으려 했다. 극도의 업무 스트레스가 그렇게 만들었는지 모르겠다. 처음엔 기다렸다. 그러다 결혼은 제도적인 합의 하에 성생활이 이루어지는 것인데 그럴 수 있느냐고 따졌다. 일방적으로 중단할 수 있다는 발상 자체를 이해할 수 없었다. 혹시 여자가 생겼냐고 물어보았다. 그러나 직감적으로 그건 아닌 것 같았다. 아— 그놈의 일, 과도한 업무 때문이었다. 그 는 일에 미쳐 있었다.

그는 그만두겠다고 선언하면 그리된다고 생각할지 몰라 도 내 피는 아직 뜨거웠다. 내 피부는 아직 부드러웠고 내 사 타구니는 바다 속 해초처럼 미끈거렸다. 아직 뺨 붉은 나이의 성욕은 뜨거운 여름날의 채전밭처럼 무성했으며 싱싱했다. 빗방울이 맺힌 풀잎 위에서 암놈에게 올라탄 수놈 개구리의 대담한 한낮의 정사를 흘금거리며 미물들을 얼마나 부러워했 는지 그가 알기나 했을까?

결혼하면 살과 뼈가 으스러지도록 뜨거운 사랑을 하는 줄 알았다. 그러나 그는 백제의 미소처럼 늘 점잖게 안개 낀 날 낮달처럼 조용한 사랑을 원했다. 이런 것들은 연애할 때 나누 는 언어와 행동으로는 알아낼 수 없는 것이었다. 그러니 언어 라는 게 얼마나 허망한 것인지를 진즉에 알았어야 했다. 하지 만 후회는 늘 나중에 왔고 선택은 먼저 해야 했으니 얼마나 아 이러니한가? 사랑이라는 이름으로 요구하는 감내는 혹독했고, 그는 이제 나를 무성애자로 만들려 하고 있었다. 포용이라는 아량으로 참아야 할지 말아야 할지 심하게 흔들렸다. 설령 전생의 업보였다 해도 참기는 싫었다.

여기서 잠시 애자씨가 서예를 하게 된 동기를 말해야 겠다. 남편이 장애인이다보니 활동적인 취미를 가질 수가 없었다. 게다가 영규씨는 아내를 너무 사랑해 자주 사랑을 요구했다. 애자씨는 중절수술을 여러 번 하게 되었고 하늘에 죄를 짓는 기분이 들었다. 그때는 정부의 산아제한 정책으로 자녀 수를 제한하던 시절이라 자녀가 둘 이상이면 미개인 취급을 받았다. 애자씨는 퇴근 후 식구들 저녁을 차려주고는 학원에 나와 서예를 시작했다. 더이상 죄도 짓지 않고 아이도 갖지 않으려고 서예를 하게 되었다.

애자씨의 소싯적 이야기로 들어가보겠다. 애자씨의 나이 열일곱 살, 고등학교도 아직 졸업하지 못한 꽃각시였다. 심한 피부병으로 손에 피고름까지 생기자 여수 애양병원에서 치료를 받기로 했다. 당시 애양병원은 서양 선교사들이 운영하는 곳으로 전남 지방에서는 알아주는 선진 의료기관이었다. 손의 피부 상태가 심각해 입원까지 했다. 그때는 지금처럼 병원에서 식사를 제공해주지 않고 각자 알아서 밥을 해먹었다. 때마침 영규씨도 다리 수술로 입원 치료중이었고 어머니가 간병해주었다. 주방을 오가며 영규씨 어머니는 애자씨를 눈여겨본 모양이었다. 영규씨 어머니가 이어준 인연으로 두 사람 사이에 오작교가 놓였다.

애자씨 집은 가난했다. 아버지는 어려운 집안 형편에 먹고사는 게 우선이라고 고등학교를 마쳐주지 않으려 했다. 학교를 그만두라는 아버지의 말에 반발심이 생긴 애자씨는 가출을 감행했다. 어머니의 지갑에서 겨우 서울 갈 차비만 훔쳤다. 서울엔 아무도 아는 이가 없었다. 그렇게 서울로 도망쳐와 취직한 곳이 왕십리 근처의 양장점이었다. 기술이 없었던 애자씨가 했던 일은 양장점 보조 일이었다. 단추 달기, 단 꼬매기, 안감 후리기 등의 단순 작업이었다. 눈썰미가 있었던 애자씨는 기술을 빨리 익혔다. 차츰 기술이 늘어가자 월급도 올라갔다. 일하는 날엔 양장점에서 먹고 자고 생활했지만 쉬는 날엔 딱히 갈 곳이 없었다. 서울에서 아는 사람이라곤 영규씨뿐이었다. 영규씨에게 연락하면 불편한 다리를 끌고 득달같이 와주었다. 불고기도 사주고 음악다방에도 데려가주었다. 데이트가 끝나면 양장점에 다시 데려다주었다. 그렇게 5년을 만났다.

"팔짱은 꼈어?"

"아녀, 그땐 그런 게 데이트인지도 몰랐어. 너무나 외로우
니까, 서울에 아는 사람이라곤 영규씨밖에 없으니까 그냥 만
난겨."

"그래두 청춘남녀가 5년씩이나 만났는데 진짜 아무 일도
없었다는 게 말이나 돼?"

"진짜라니께."

고향으로 내려가자니 아버지한테 다리몽댕이가 부러질
거 같았다. 서울 생활이 너무 힘들어 몇 번이나 보따리를 쌌다
풀었다를 반복했다. 양장점 보조 일을 하며 땡전 한푼도 안 쓰
고 5년 동안 돈을 모았다. 무서운 아버지도 돈을 들고 내려가
면 용서해줄 것 같았다. 애자씨의 짐작은 맞았다. 40만 원의
거금을 보자, 아버진 고함을 몇 번 지르더니 나가버렸다. 어머
니는 애자씨를 붙들고 울었다.

애자씨가 가져간 돈으로 초가집을 팔고는 기와집을 샀다.
남은 돈으로는 논을 샀다. 논이 생기자 집안의 형편이 조금씩
폈다. 애물단지 딸이었던 애자씨는 갑자기 집안의 보물단지
가 되었다. 동네에서 애자씨는 효녀딸로 소문이 났다.

"애자는 서울 가서 돈을 벌어와 즈이 부모한테 기와집도
사주고 논도 사줬디야."

"이제 박씨네는 팔자가 펴부렸씨야."

고향땅 여수시 율촌면 봉전리에서 애자씨 얼굴은 몰라도 애자씨 이름을 모르는 사람은 없었다. 효녀로 소문이 자자했다. 그냥 그렇게 부모 옆에서 얌전히 있다가 중매결혼이나 했으면 팔자 편하게 잘살았을 것을, 사람의 운명을 누가 알겠는가? 얼마간의 세월이 지난 후였다. 영규씨에게서 편지가 왔다. 애양병원에 진찰받으러 온 김에 애자씨 얼굴을 잠깐 보고 가겠다는 내용이었다. 서울에서 신세 진 것도 있으니 그 정도쯤 해주는 것은 인지상정이었다. 영규씨는 도착했고 순천역에서 해후했다. 애양병원에서의 진찰이 힘들었던지 영규씨의 얼굴은 파리했고 진땀이 흐르고 있었다. 게다가 목발을 쥔 양손은 사시나무 떨듯 떨고 있었다. 어디서든지 좀 쉬어야 했다.

순천역 근처 여관에다 영규씨가 쉴 곳을 잡았다. 영규씨는 심하게 앓았다. 착한 애자씨는 앓는 영규씨를 두고 그냥 갈 수가 없었다. 그게 사달이었다. 애자씨는 "이러면 안 되는 거인데"를 내뱉으면서도 사랑한다는 영규씨의 한마디에 녹아버렸고, 퍼붓는 소나기를 다 맞았다. 꿈에서 깨어났을 때는 여관방 싸구려 캐시미어 이불 위에 붉은 자국이 선연했다. 동이 터오르고 있었다. 울다 지친 듯한 기적 소리가 들려왔다.

순천역 플랫폼에 영규씨를 태워 보낼 서울행 기차가 천천히 들어오고 있었다. 영규씨는 짧은 쪽의 다리에다 키높이구두를 신고 있었다. 목발을 짚고 있었지만 그의 자세는 기우뚱했다. 갑자기 서늘한 바람줄기가 등골을 타고 내려왔다. 소리를 지르며 울고 싶었다. 애자씨는 어제와 오늘이 확실히 다르다는 생각이 들었다. 어제로 시간을 돌릴 수만 있다면 태엽을 되감고 싶은 아침이었다.

"오매, 이제 나는 어쩜 좋다냐?"

영규씨가 다녀가고 애자씨는 그 여름이 어찌 지나갔는지 도통 기억이 나질 않았다. 보통 여름엔 바다에 나가 조개를 채취하거나 갯장어를 잡았다. 그래야 용돈을 벌어 친구들과 극장도 가고 다방도 쏘다녔다. 그러나 애자씨는 만사가 귀찮았다. 몸이 나른한데다 천근만근 무거웠다. 바닷가 근처에도 가지 않았다.

가을이 오자 갈치에 물이 올라 살이 제법 통통했다. 갈치조림에다 밥을 먹는데 비린내가 확 올라왔다. 여름내 잠이 쏟아지고 속이 뒤틀린 이유를 알아챈 순간, 애자씨는 정신이 번쩍 들었다. 달거리가 멈춘 것이다. 영규씨에 대한 사랑에 아직 확신이 없었다. 그래서 수렁에 빠지지 말게 해달라고 그토록 빌었음에도 일이 이리 되어버렸다.

이제 선택은 한 가지뿐이었다. 야반도주뿐이다. 한 번이

어렵지, 두 번은 쉬웠다. 도둑년 소리는 듣지 않기 위해 소지품은 하나도 챙기지 않았다. 먼저 영규씨에게 편지를 썼다. 임신 사실을 알렸다. 영규씨는 올라오라고 했다. 아무런 준비도 없이, 서로의 감정을 확인해볼 기회도 없이 몸부터 합쳤다.

애자씨를 처음부터 예뻐해주었던 시어머니는 급하게 합치게는 되었어도 식은 올려야 한다고 했다. 친정 부모님께 인사를 드리고 오라면서 고향으로 내려보냈다. 영규씨를 처음 본 친정 부모님은 땅바닥에 그만 주저앉았다.

"이년아, 허구많은 남자 중에 하필이면…… 을마나 고생을 하고 살려구……"

아버지는 돌아앉아 장탄식을 했다. 어머니는 그저 울기만 했다. 우여곡절 끝에 양가 부모님만 참석하여 식을 올렸다. 그러고는 몇 달 후 신설동 단칸 셋방에서 첫아들을 낳았다. 아이는 커갔지만 애자씨가 원했던 삶은 아니었다. 시간만 나면 서울역을 찾았다. 그러다 정신을 차리고는 다시 집으로 돌아가는 일이 반복됐다. 물론 영규씨에게 위안을 받기도 했고 아이에게 기쁨을 느끼기도 했지만, 애자씨의 마음 한 귀퉁이는 늘 공허했다. 애자씨의 젊은 날은 전봇대에 걸린 방패연처럼 옴짝달싹 움직이지 못했고 마음은 방황했다.

어쩌면 중년에 막 접어든 여인들에겐 이러한 개인적인 아

3부 엄마의 딸이 되려고
몇 생을 넘어 여기에 왔어

품이 자아실현이란 명목하에 뒤늦게 소질로 발현되는 것인지도 모르겠다. 각자 일들을 마치고 아이들을 씻기고 먹이고 재우고 저녁이 오면 여자들은 서예학원으로 슬금슬금 모여들었다. 일하는 어미를 가진 아이들을 먹이고 씻기고 재우는 데서는 비교적 수월했다. 어미가 머리맡에서 등을 긁어주고 책을 읽어주면 아이들은 스르르 잠이 들었다.

중년의 여인들이 모이는 야밤의 서예학원은 물 만난 물고기들의 연못이었다. 방언이 터진 기도처럼 말은 청산유수로 흘러넘쳤다. 어찌 그동안 가슴속에다 그 많은 사연을 담아두었는지 염염히 묵혀두었던 사연들이 죄다 뛰어나왔다. 그녀들은 자기 고백을 하면서 자신들의 생애를 털어냈다. '저 바다에 누워 외로운 물새'가 되고 싶었던 한가락 했던 시절을 더듬어냈다. 그러니 환장할 수밖에 없었다. 미친듯이 빠져들었다.

모임의 멤버 중에는 일식집을 하는 조鸙가 있었다. 그녀 역시 나처럼 학부형으로 직접 서예를 배우러 다니진 않았지만, 인심 좋은 이웃이었다. 조는 장사를 마친 후, 일식집의 남은 음식을 술안주로 제공했다. 일식집은 그 근방에서는 제법 유명했다. 워낙 인심이 좋은데다 주방장의 실력이 좋아 항상 손님이 많았다. 조 덕분에 유명 일식집의 음식을 밤마다 성찬으로 즐길 수 있었다. 후덕한 조의 남편은 가끔 활어회를 떠서 보내주었는데, 그런 날은 새벽까지 파티가 이어졌다.

서예학원 원장님은 다변에다 열정가였다. 아는 것도 많았고 솔직한 성격이었다. 학원은 어느 정도 허풍을 쳐야 경영이 되는데, 너무 솔직하다보니 썩 잘되는 학원은 아니었다. 그러나 선생으로서는 꽤 괜찮은 사람이었다. 그 시절 그 모임이 없었더라면 나는 아마도 미쳐버렸을지도 모르겠다. 아내를 여자로 쳐다보지도 않는 일중독에 빠진 남자와 살면서 내 심장에서는 누런 고름이 줄줄 흐르고 있었다.

어느 날 연락도 없이 시어머니와 형님(시누이)이 갑자기 찾아왔다. 시어머니는 뭔가 주저하는 표정을 짓더니 형님에게 눈짓을 했다. 형님은 가방에서 상자를 꺼냈다. 성기구였다.

"야야, 한창 젊은 나이에 니가 힘든 건 안다. 우짜노. 그케도 살아야제. 부부라는 게 꼭 그거 안 한다고 못 사는 건 아니데이."

점을 보러 갔는데 점쟁이 왈, 아들이 성생활을 중단해서 며느리가 도망가려고 보따리를 싸고 있다고 하더란다. 놀라서 아들한테 물었더니 얼추 비슷한 상황이라고 했단다. 놀란 마음에 도망가지 말라고 이걸 사왔다는 것이다.

"아이구나!"

부끄럽기도 하고 망측하기도 했다. 하지만 어머니가 아들만 끼고 도는 분이 아니라 며느리의 마음까지도 살펴준다는 것이 고마웠다. 포장해서 다시 가방에 넣어주고는 안심을 시켰다. 그런 이유로 떠날 거였음 벌써 갔다고.

그날 이후로 어머니는 남편에게 좋다는 약이 있다는 소문을 들으면 천릿길도 마다하지 않으셨다.

서예학원 모임의 수다는 발산의 창구가 되어주었다. 멤버들의 개성은 무궁무진했다. 특히 원장님은 박학다식했다. '니체'를 꿰뚫고 있었으며 '제인 캠피온'의 예술성과 '시오노 나나미'의 『로마인 이야기』를 부분적으로 떼어내 로마의 역사를 재미지게 강의했다. 영화 OST를 들었으며 대중음악에 빠져들게 해주었다. 대화가 되니 속이 뻥 뚫렸다. 남자가 출세하려는 이유는 수컷들의 번식전략이라는 것도 알려주었다. 그 속성이 남자의 숙명이라고 했다.

모임은 힐링이 되었고 내상을 치유하려고 안간힘을 쓰던 나에게 힘이 되어주었다. 하지만 작은 아파트 상가에서 밤마다 열리는 모임은 결국 추문을 불러오고 말았다. 원장님과 30대 후반의 싱글녀가 바람이 났다는 소문이 돌았다. 모임은 해체되었다. 모임의 멤버들은 원장님이 그런 분이 아니란 걸 알고 있었다. 소문은 일파만파로 커져갔지만 원장님은 침묵했다. 그나마 많지 않았던 원생들마저 줄어들었다. 모임의 참가자들은 이제 한숨을 좀 돌리려는 아줌마들이었다. 학원은 그들에게 스트레스를 해소하는 창구가 되어줄 뿐이었다. 그러다 된통 바가지를 썼다. 그러나 원장님은 굳이 변명 따위는 하려 들지 않았다.

"나만 안 그랬음 됐지 그거 알아서 뭐해요?"

"내가 매력이 있긴 있었나보죠? 그런 소문이 도는 걸 보면요."

암튼 그 일로 인해 모임은 중지되었다. 모든 게 다 중지되었다. 지루하고 무료한 날들이 계속되었다. 퇴근하고 간간이 애자씨의 집에 놀러갔다. 애자씨는 요리 솜씨가 좋았다. 가끔 애자씨는 저녁을 먹고 가라고 붙들었다. 영규씨가 곁에 오지 못하게 하려고 늦게까지 애자씨는 서예 연습을 했다. 졸린데도 글씨를 쓰려고 애쓰는 애자씨가 짠하면서도 귀엽게 보였다. 방바닥에다 국방색 미제 담요를 깔고, 한참 동안 먹을 갈았다. 애자씨가 먹을 가는 모습은 고해소에서 꿇어앉아 죄를 고백할 때처럼 신성해 보였다. 먹물 빛깔은 처음엔 폐광에서 흘러나오는 침출수처럼 탁했으나 벼루 위에서 먹이 말갛게

3부 엄마의 딸이 되려고
몇 생을 넘어 여기에 왔어

갈리면서 진회색의 먹물빛으로 변했다.

1994년 8월이었던가. 엄청나게 더웠던 여름으로 기억한다. 이상기온으로 에어컨을 틀지 않으면 잠을 이룰 수 없을 정도로 폭염이 지속되었다. 낮엔 사람이 다니지 못할 정도로 불볕 찜통더위였다. 아스팔트는 펄펄 끓다못해 녹아 신발바닥에 콜타르가 묻었다. 아침마다 신발 바닥에 묻은 콜타르 자국을 지우느라 곤욕을 치렀다.

몸은 늘어지고 무거웠다. 더위를 먹은 탓이려니 했다. 하기야 이 무더위에 지치지 않을 사람은 없었다. 작열하는 태양에 저항을 못 하고 상점들도 다들 무장해제를 선언할 정도였으니 말해 뭐하겠는가. 휴가 가기를 포기하고 그냥 집에서 쉬기로 했다. 복더위의 위세엔 선풍기로는 감히 견딜 수가 없었다. 에어컨 바람을 쐬려고 아침부터 은행으로 피서를 가는 얌체족이 많았다. 은행은 초만원이었다. 더위가 물러가기를 기다렸지만 아침부터 더위는 숯가마 화덕에서 화염을 뿜어대듯열을 내뱉었다.

아이들은 어미가 차려주는 밥상을 가장 좋아했다. 프라이팬에다 스팸을 굽는데 구역질이 올라왔다. 순간 느낌이 왔다. 지난달이었다. 아침부터 폭염 특보가 내린 그날이었다. 밤

11시도 넘은 늦은 시간이었다. 갑자기 비가 내리니 우산을 들고 나와달라는 그의 전화에 우산을 챙겨 나갔다. 비는 폭포처럼 내리퍼붓고 있었다. 이럴 때 우산은 무용지물이었다. 둘 다 장대비를 맞고 생쥐 꼴이 되어 들어왔다.

무슨 바람이 불었는지 그는 가방에서 내가 좋아하는 칠레 와인을 꺼냈다. 포도주의 효과는 즉시 마법을 부렸다. 마음과 몸을 열어주는 묘약이 되어주었다. 밖에서는 폭우가 내리퍼붓는데 아주 오랜만에 나는 그와 뜨거운 밤을 보냈다. 그는 메마르고 척박했던 대지에 비를 퍼붓듯 뜨거운 열정을 퍼부었다. 갑작스러운 그의 열정적인 구애는 나를 진정시키라는 어머니의 지령일지도 모른다는 생각이 언뜻 스쳐지나갔다.

그와 뜨거운 밤을 보낸 후 얼마쯤 지났을 때다. 등에 흰 점이 난 사슴이 품으로 뛰어드는 꿈을 꾸었다. 이제 겨우 작은 아파트를 분양받아 융자금을 갚는 중이었다. 생활비에, 애경사 부조금에, 아이들 교육비에, 게다가 수시로 시어머님이 요구하는 돈을 보내야 했다. 며칠을 고민하다가 그에게 말했다.

"임신인 거 같아."

그래도 그가 낳자고 했으면 어떤 악조건이었어도 낳았을 것이다. 그러나 그는 "셋은 책임 못 져. 당신이 더 잘 알잖아"라고 말했다. 자녀 셋이면 승진에서도 감점 사유가 되었다. 더 망설일 이유가 없었다. 어쩌면 마음 한 귀퉁이에서 낳자는 말을 기대했는지도 모르겠다. 아니다. 이제 겨우 육아에서 벗어났는데 새삼스럽게 임신이라니…… 어쩌면 내가 더 귀찮았는지도 모르겠다. 그때는 둘도 많으니 하나만 낳아 잘 기르자는 캠페인을 국가가 주도했었다. 강제로 자녀 수를 줄이는 정책을 유도했던 시절이었다. 그런데 셋이라니 어불성설이었다. 그가 원치 않았으므로 나는 결정을 내려야 했다.

중절수술을 받고 집에 오자 하혈이 쏟아졌다. 얼굴이 창백해져갔으나 그렇다고 드러내놓고 말할 입장도 아니었다. 수술을 집도했던 의사는 하혈이 멈추지 않으면 입원하라고 했다. 항생제를 사러 갔다가 약국에서 애자씨를 만났다. 애자씨는 내 얼굴을 보더니 깜짝 놀라며 물었다.

"어이, 뭔 일이 있는가?"

"하혈이 멈추질 않아요."

경험자인 애자씨는 눈치가 빨랐다. 하혈중에 돌아다니면 큰일난다며 친정엄마처럼 걱정해주었다.

몸은 하혈로 피칠갑을 하며 앓고 있었다. 자궁을 긁어낸 흔적의 파편인 피가 밀물처럼 쏟아져나왔다. 어쩌면 내 양심이 뾰족한 철심으로 마구마구 쑤셔대고 있는지도 모르는 일이었다. 젖가슴은 아직 눈치를 못 챘는지 아이에게 젖을 빨게

중절수술 후 꾸역꾸역 먹은
홍합미역국

미안하고 서러운 마음에 눈물이 흘렀다.
그때 몸과 마음을 치유해준 음식이
애자씨가 만들어준 홍합미역국과 낙지볶음이었다.
유산했을 때도 해산했을 때와 똑같이 꼬리한 음식을
먹어야 한다면서 홍합을 넣고 푹 끓인 미역국을
만들어주었다.

하라고 젖꼭지가 봉긋하게 튀어올라왔다. 미안하고 서러운 마음에 눈물이 흘렀다. 그때 몸과 마음을 치유해준 음식이 애자씨가 만들어준 홍합미역국과 낙지볶음이었다. 유산했을 때도 해산했을 때와 똑같이 조리한 음식을 먹어야 한다면서 홍합을 넣고 푹 끓인 미역국을 만들어주었다.

안 먹으려 하자 애자씨는 밥을 미역국에 말았다. 미역국한 그릇을 다 먹을 때까지 지켜보고 있다가 일어섰다. 다음날엔 먹음직스럽게 낙지볶음을 만들어 와서는 다리에 힘 풀린소도 낙지를 먹으면 일어난다며 너스레를 떨었다.

"나도 중절수술이라면 징그러. 그 고통은 안 당해본 사람은 모른다고. 중절수술 후유증으로 나도 수족냉증이 있어."

그랬구나, 동병상련이라고 애자씨도 중절수술의 아픔을알기에 내 상태를 금방 알아본 것이었다. 애자씨의 간병 덕분에 건강은 좋아졌고 하혈도 멈췄다.

남편도 애자씨가 해다준 낙지볶음을 수시로 먹었다. 낙지덕분인지 어머니가 구해다준 약 덕분인지, 아니면 승진 덕분인지, 시어머님이 견성암 약사여래불 앞에서 백일기도를 드린 치성 덕분인지, 그는 씻은듯이 나았다. 우리의 관계도 조금씩 회복되어갔다.

그후 애자씨는 새로 분양받은 아파트로 이사를 갔다. 우린 자주 연락하며 만났다. 그러다 서로가 사는 게 바빠 연락이 끊어지기도 했다. 하지만 영규씨가 다이아몬드 감정사라는 전문 직업을 가진 덕분에 예지동 보석 골목을 찾아가 영규씨를 찾아냈다. 우리는 다시 해후할 수 있었다. 애자씨는 평생을 영규씨의 발이 되어 희생만 하고 살아온 여장부다. 내색을 안 해도 속상한 일이 얼마나 많았을지 안 봐도 옥편이다. 내가 그녀와 속마음을 트게 된 것은 그녀가 가장 어려웠을 때 살아온 이야기를 내게 해주고 나서부터다.

영규씨는 다리가 불편했을 뿐 시계 기술 부분에서는 알아 주는 기능장이었다. 게다가 애자씨를 무척 사랑했다. 그럼에 도 애자씨에겐 목놓아 울지 못하는 허무가 늘 따라다녔다. 그 렇게 극성맞게 열심히 살아왔는데도 말이다. 거기엔 이유가 있다. 영규씨가 보석감정사 자격을 따러 미국에 공부하러 갔 을 때, 생활비를 주고 가지 못할 정도로 처지가 어려웠다. 애 자씨가 노동일을 해야 겨우 입에 풀칠할 정도로 가난했다. 자 존심 강한 애자씨로서 얼마나 힘든 생활을 해왔을지 말을 안 해도 짐작이 갔다.

땟거리가 없어 밥을 굶은 적이 하루이틀이 아니었다. 아 이들은 굶길 수가 없어 수제비라도 먹였지만, 그나마 애자씨 는 먹을 게 없어 굶었다. 그러다 영양실조로 늑막염에 걸렸다. 그러니 어디다 하소연도 못 하고 애자씨는 엄청 고생을 했다. 공부를 마치고 돌아온 영규씨가 "여보, 그동안 고생 많았어" 하고 따뜻한 위로의 말을 해주길 기대했는데 그 말을 하지 않더란다. 혼자서 아이들을 데리고 갖은 고생을 하면서 살았는데 그걸 몰라주는 영규씨로 인해 애자씨는 모든 게 허무해졌다.

영규씨의 발 노릇을 하면서 살아온 애자씨였지만 그걸 당연하게 여기는 영규씨로 인해 열심히 살아온 보람이 없어졌다. 그녀는 내게 속마음을 말하고 나서 펑펑 울었다. 마음의 빈자리가 상처가 되어 오래도록 슬픔이 고였는지 말하는 내내 흐느꼈다. 나는 애자씨가 울게 내버려두었다. 슬픔도 성숙해져야 슬픔을 놓아줄 수 있기에 하소연을 들어주었다. 애자씨는 한참을 울고 나서야 눈물을 그쳤다. 이렇게 울어본 적이 처음이라며 환하게 웃었다. 그후로 우리는 서로의 이야기를 들어주는 편한 사이가 되었다.

고생 끝에 낙이 온다고 애자씨는 지금은 빌딩 주인에다 보석상으로 성공을 했다. 또 자식 농사에도 성공해 큰아들은 보석상, 작은아들은 경찰이 되었고 잘 자라주었다. 고생이라면 지겨울 텐데도 아직도 남의 일이라면 앞장서서 나서고 퍼주길 좋아한다. 천성이 베풀기를 좋아하고 오지랖이 넓었다.

내 가슴 아픈 비밀의 음식, 낙지볶음

홍합미역국과 낙지볶음은 힘들게 살아온 여자가
다른 여자의 아픔을 위로해준 또듯한 구들목 같은
음식이다. 입맛이 없을 때는 매콤한 걸 먹으면
입맛이 돌아온다고 금방 지은 또끈한 흰쌀밥에
매콤한 낙지볶음을 만들어준 애자씨,
그녀의 사랑을 잊을 수가 없다.

홍합미역국과 낙지볶음은 힘들게 살아온 여자가
다른 여자의 아픔을 위로해준 뜨듯한 구들목 같은 음식이다.
이 글을 쓴다고 하니 애자씨가 홍합미역국과 낙지볶음을 만
들어주겠다고 집으로 초대해주었다. 누구에게나 혼자만 기억
하고픈 가슴 아픈 비밀이 있다. 그 비밀의 틈을 헤집고 들어가
면 숨기고 싶고 아팠던 기억의 음식이 있다. 그것이 내겐 홍합
미역국과 낙지볶음이다. 만신창이가 된 몸과 마음을 애자씨
는 홍합미역국과 낙지볶음으로 치유해주었다. 미역국을 목으
로 넘기면서 처음엔 서러워서 울었고, 나중엔 고마워서 울었
다. 입맛이 없을 때는 매콤한 걸 먹으면 입맛이 돌아온다고 금
방 지은 뜨끈한 흰쌀밥에 매콤한 낙지볶음을 만들어준 애자
씨, 그녀의 사랑을 잊을 수가 없다.

1960~1980년대 후반까지는 가족계획사업
이 통치의 도구로 쓰인 시절이었다. 신은 어미에게 자궁을 주
어 생명의 포자를 간직하게 했다. 그러나 그 시절엔 국가가 여
성의 임신과 출산 문제까지 개입했다. 여성의 출산은 축복이
었음에도 국가는 거의 강압적으로 피임과 단산斷産 캠페인을
강요했다. 두 자녀 이상이면 아파트 청약조차 못 했으며, 세
번째 자녀에게는 의료보험이 적용되지 않았다. 예비군 훈련

을 하러 간 남성들에게 정관수술을 강요하는 시대였으니 말해 무엇하겠는가? 가난을 극복하는 방법으로 자녀 수를 줄이는 산아제한 정책을 썼으며 자녀를 많이 낳는 것은 미개인이라고 주입시켰다.

그런 인구정책을 써오다가 격세지감이라고 1990년대 후반에 들어서면서 갑자기 출산을 장려하는 정책으로 바뀌었다. 이제는 낳으라고 국가에서 돈을 주면서까지 출산을 지원해줘도 낳지 않으려 드니 세상이 바뀌어도 크게 바뀌었다.

애자씨는 "우리가 고놈들을 다 낳았음 대여섯은 안 낳았겠어?"라고 말했다. 지나간 세월을 탓해 뭐할까마는 국가의 미래인 인구정책을 집행하면서 한 치 앞도 내다보지 못한 미시안이 안타까울 뿐이다.

애자씨와 나는 중절수술로 부서지고 금이 간 몸뚱이를 서로 위로하면서 젊은 시절을 함께 보낸 사이다. 우리의 젊음은 아랫목 이불 속에 덮어둔 갱엿처럼 진득하게 처졌다가도 새치머리 엿가락이 흰엿처럼 실타래를 만들며 나이를 먹어갔다.

애자씨는 항상 내 편이었다. 내 편이 있다는 건 든든함을 의미했다. 힘들 때, 애자씨는 무조건 나를 위로했다. 아니 우리는 서로를 위로했다. 생명의 신비와 소중함에 대해 어리석고 무지했던 상처는 아직도 남아 있다. 그러나 애자씨가 옆에 있어주어서 힘든 시기를 이겨낼 수 있었다.

역지사지라고 나 역시 애자씨가 어려운 일이 있을 땐 열 일을 제치고 달려갔다. 산다는 건 미련을 떨쳐버리지 못하는 어리석음의 연속이었다. 그럴 때마다 애자씨가 지혜를 빌려줘 헤쳐나갈 수 있었다. 마르지 않는 샘물과 같은 애자씨, 그녀의 샘에서 목을 축일 수 있어서 행복하다.

외할머니의 인생반찬,
제 살 벗겨 맛 내는 고구마순 나물

사람들은 행복해지려면 마음을 비우라고 한다. 말은 쉽
지만 그게 어찌 쉬운 일인가? 산다는 건 죄다 채우는 일이다.
먹고, 사고, 배우고, 사랑하는 것도 다 채우는 일이다. 그런데
그걸 하지 말고 비워야 행복해진다니 도대체 어찌 살아가란
말인가? 심술궂게 찌푸려 있던 하늘도 습기가 차면 비를 내려
하늘을 맑게 비운다. 그러고는 해와 달과 별을 무상으로 내어
준다. 비를 맞으면서 한 번도 하늘이 속을 비운다는 생각을 해
보지 못했다. 젊은 날엔 채우려고만 했지, 비우는 행복은 받아
들이기가 어려웠다.

　　요리사의 칼날이 무뎌지면 돈 벌 욕심에 눈이 먼 거라고
한다. 그것을 알아내기까지 세월은 숱한 투정을 부리면서 지

3부 엄마의 딸이 되려고
몇 생을 넘어 여기에 왔어

나갔다. 입안 깊숙이 자리잡은 목젖처럼 컴컴한 터널을 지나면 환한 길이 나온다는 것을 알고 있었다. 그러나 굳이 내가 맨 끝자리에 앉아 어두컴컴한 그 길을 가긴 싫었다. 때때로 착시현상은 기차의 맨 끝 칸이 사라진 것처럼 보이게 했다. 한 두름의 굴비에서 한 마리만 비어도 금방 알아챘지만, 인생의 정체는 쉽게 알아내지 못했다. 내 고함소리가 산을 돌아 떨림으로 되돌아오는 것이 소리의 반향 때문이라는 것을 알기까지는 시간이 걸렸다. 그런데 인생은 짠맛도, 매운맛도 아닌 그리운 맛으로 다가왔다.

외할머니는 재취로 스무 살에 결혼해 아들 둘에 딸 넷, 육남매를 낳았다. 전실 자식까지 십남매를 길렀지만 늙은 노모를 봉양하겠다고 나서는 자식이 없었다. 오갈 곳 없는 외할머니를 거둔 분은 아버지였다. 효심이 깊어서가 아니라 이북 땅 함흥에서 월남한 아버지는 고향에 두고 온 오마니와 외할머니가 생일이 같다는 이유로 극진했다. 그렇다고 외할머니가 우리집에서 호의호식을 한 건 아니었다. 할머니가 계신 곳은 볕드는 방이 아니라 늘 부엌이었다.

8월도 하순으로 넘어가면서 조석朝夕으로 시원한 바람이 불어왔다. 곧 가을이 찾아올 것이라는 느낌은 바람에서 알 수

있었다. 새벽부터 출근하는 부모님으로 인해 손주들의 등굣
길부터 아침밥에 도시락을 챙기는 일까지 할머니가 하셨다.
머리를 빗어주는 할머니의 손은 축축했다. 물을 발라 빗지 않
아도 머리카락은 차분하게 숨이 죽었다.

밥을 함께 먹어 식구食口라 했다. 할머니는 식구들의 입을
챙겼지만 정작 당신은 늘 혼자 부엌 한쪽에서 밥을 드셨다. 혼
자서 집안일을 당차게 해내셨지만 아버지 앞에선 물에 데친
쪽파처럼 주눅이 들어 보였다. 부엌에서 들려오는 할머니의
한숨소리가 어찌나 컸던지 대청마루에 엎드려 숙제를 하는
내 귀에까지 들렸다.

이른 새벽이면 홰나무가 서 있는 장독대 부근에서 물을
떠놓고 중얼중얼 기도로 새벽을 여셨다. 눈을 감고 두 손을
비벼대면서 하는 할머니의 기도는 절절한 하소연 같았다. 할
머니의 기도가 이루어졌음 좋겠다고 나도 고개 숙인 채 기도
했다.

고구마는 작열하는 태양의 폭염을 견디면서 자란
다. 씨알을 굵게 만드느라 에너지를 쓴 줄기는 가늘고 길어 힘
없어 보인다. 그러다 8월 무렵이면 줄기에 살이 올라 길쭉하
면서 통통해진다. 땅속에서 애지중지 품은 씨알이 다 굵었음

을 의미한다. 밭고랑을 지키며 땡볕 아래서 터질 것 같았던 침묵으로 기다렸던 고구마도 더이상 인내하지 않는다. 이때가 되면 치렁치렁 늘어졌던 줄기도 탯줄이 떨어지듯 분리된다.

그래서 고구마 수확은 7월부터 9월까지가 제철이다. 고구마를 캘 때는 자연스럽게 줄기도 얻는다. 고구마줄기는 껍질을 벗긴 후 삶아서 먹는다. 들기름을 넉넉히 두르고 볶으면 향긋한 나물이 되고, 생선과 함께 물에 끓이면 맛있는 조림이 된다. 아삭하면서 오들오들해 무나 감자를 넣고 조리는 것보다 맛이 색다르다. 입맛이 없을 때 밥 한 그릇을 뚝딱 비우게 한다. 담백한 맛과 아삭거리는 줄기의 식감이 식욕을 돋우는 덕분이다.

할머니는 다듬어놓은 고구마줄기로 나물을 만들어주셨다. 들기름에 볶아 들깻가루를 뿌려 볶은 고소하고 담백한 나물은 밥 한 그릇을 뚝딱 해치우게 했다. 나물에서는 할머니 냄새가 났다.

"맛있어, 할무이."

"우야, 내 강생이('강아지'의 방언) 마이 무라."

할머니는 나를 '강생이'라 불렀다. 그 말이 듣기 좋아 늘 할머니 곁을 맴돌았다. 그래서 할머니 옆에 달라붙어 고구마줄기를 종일 벗겼던 것 같다. 고구마줄기를 벗기다 저녁때가 되면 할머니는 노을진 하늘을 바라보며 〈인생가〉를 부르셨다. 할머니의 노랫소리는 느린 물살 위에 간신히 떠 있는 뗏목 같다는 생각이 들었다.

"아니 놀지도 못하겠네. 아니 쓰지도 못하겠어.

이 세상에 나온 사람들 어느 덕으로 나왔으며

서해 서산 지는 해는 어느 장부가 잡아매리.

창해 유수 흐르는 물은 다시 오기가 어려워라."

삶의 무게를 두 다리만으로는 버티기가 힘드셨는지 할머니의 등은 점점 앞으로 굽어졌다. 비가 내리는 날이면 할머니는 고구마줄기와 풋고추, 호박을 숭숭 썰어넣고 부침개를 부쳐주셨다. 번철 위에서 구워지는 부침개의 고소한 기름 냄새가 빗소리에 섞여 코를 쿵쿵거리게 했다. 노릇하게 구워진 부침개를 찢어 내 입에 넣어주는 할머니의 손은 토란잎같이 부드러웠다.

노랫소리에 흥이 달아올랐는지 아니면 맛있는 부침개를 그득 먹어 기분이 좋았는지 할머니가 부르는 노래를 따라 불렀다. 잔이 비워지기를 기다렸다 바로 막걸리를 채워드렸다. 비는 계속 퍼부었고 할머니의 노랫소리는 점점 작아졌다. 그리고 얼굴은 맨드라미꽃처럼 붉어졌다.

"보래이, 가을이 올라나보다. 고구마줄거리를 묶을 때가 되믄 고마 추석이 오는 기라. 할매는 가을이 젤로 싫데이."

할머니가 싫어하는 가을은 나도 싫었다. 가을이 할머니를 울게 한다면 햇볕이 정수리를 뜨겁게 내리쪼여도, 갑자기 소나기를 만나 옷이 다 젖어도 여름이 가지 말았으면 했다. 도리질을 치며 거부했지만 가을은 왔다. 가을배추가 나올 무렵이면 할머니는 부엌에서 더 벗어나지 못하셨다. 할머니는 아직 봉숭아물이 남아 있는 내 손톱을 깎아주셨다. 첫눈이 올 때까지 봉숭아물이 남아 있으면 소원이 이뤄진다고 하셨다. 내 소원은 할머니와 오랫동안 함께 사는 거였다.

단풍이 장독대 옆에 서 있는 홰나무까지 물을 들이자, 할머니는 자주 막걸리를 찾으셨다. 막걸리는 할머니의 얼굴과 목소리까지 단풍물이 들게 했다. 할머니의 애창곡인 〈인생가〉를 자주 듣다보니 나는 한 소절도 틀리지 않고 따라 할 수 있었다. 노래를 잘 불러 기특하다고 막걸리에 당원(포도당에 사카린을 첨가한 인공감미료)을 타주셨다. 달콤시큼한 술을 받아 마신 나는 온몸에 단풍물이 들었고 깊은 잠에 빠졌다. 그날따라 부모님이 일찍 귀가했다. 나는 아스팔트 위에 뻗은 개구리처럼 양팔과 다리를 뻗은 채 곤히 잠들었다.

그 사건 이후, 할머니는 대구 외삼촌 집으로 가셨다.

나는 할머니가 그리웠지만 할머니에 대한 말을 꺼내면 안 된다는 눈치를 감지했다. 입 밖으로 말을 꺼내지 않았지만 할머니가 집으로 돌아오지 못하리라는 두려운 확신이 들었다.

새벽에 일어나 장독대에 가서 눈을 감고 소원을 빌었다. 첫눈이 올 때까지 손톱에 봉숭아물이 빠지지 않으면 소원이 이루어진다는 말을 믿고 싶었다. 첫눈이 오고 연이어서 거듭 눈이 내렸지만 소원은 이루어지지 않았다. 할머니가 대구로 내려가시고 1년이 흘렀다. 든 자리는 몰라도 난 자리는 안다고 할머니가 계시다 간 자리엔 흔적이 남았다. 부엌을 들락거리며 할머니 냄새를 맡으려고 코를 벌름거렸다.

밭고랑에선 고구마가 자라면서 푸른 잎사귀가 넘실댔지만 나는 밭 근처엔 얼씬도 하지 않았다. 가을이 발소리를 내며 오고 있었다. 할머니가 많이 그리웠다. 아버지 몰래 주전자에서 막걸리를 홀짝거리며 할머니의 흔적을 기억하려 애썼다. 고깔모자를 뒤집어쓴 고구마 잎사귀는 바람에 흔들리며 서로를 확인하려는 듯 줄기를 틀어 몸을 섞었다. 똬리를 튼 실뱀처럼 잎사귀와 줄기는 서로 앙탈을 부렸다. 고구마 수확철이 온 것이다. 여름내 땅을 헤집으며 견딘 튼실한 고구마는 분홍빛 웃음을 흘렸다. 채소는 대체로 잎을 먹지만 고구마는 씨알과 줄기까지 먹으니 일타쌍피다. 버릴 게 하나도 없다.

밖은 한창 고구마 수확으로 벅적거렸다. 낮엔 멀쩡했지만 밤이면 원인을 알 수 없는 열이 올라 식구들을 놀라게 했다. 열이 심하게 오를 때면 야뇨증으로 이불을 적셨다. 엄마의 얼굴엔 근심이 가득해 작은 씨앗 같은 기미가 점차 번져갔다. 엄마는 나를 한의원에 데려가 진맥을 짚고 탕약을 먹였다. 차도가 없자 자주 머리를 쥐어박혔으며 핀잔을 들었다. 큰 키를 뒤집어쓰고 이웃에 소금을 얻으러 다녔다. 친구들은 오줌싸개라고 놀리며 대놓고 따돌렸다.

매미가 서럽게 울다가 지치는 9월이 넘어가자, 내 얼굴에 핀 열꽃도 조금씩 줄어들었다. 도통 밥을 먹지 못했다. 입이 짧은 언니도 얼굴에 버짐이 번져 동부콩을 박은 백설기처럼 얼굴이 얼기설기해졌다. 외할머니와 함께 산 2년은 앙고라털실로 뜬 손모아장갑 속의 손처럼 따뜻했다. 언니와 나, 둘이서 집을 지키지 않아도 되었다. 할머니가 해주는 밥은 꿀맛처럼 달콤했다. 할머니는 수호천사였다. 어두운 밤길을 밝혀주는 가로등이었으며, 황금사과가 주렁주렁 달린 동화 속 나라를 헤집고 다니게 해주었다.

할머니가 대구 외삼촌 댁으로 가신 이유를 나는 알고 있었다. 잘못 든 길은 되돌리기가 어렵듯, 할머니는 쫓겨난 것이었다. 엄마는 『심청전』에 나오는 심청이처럼 효심 깊고 지극

정성인 효녀가 아니었다. 할머니는 딸네 집에서 일하는 일꾼이었다. 부모님의 말씀을 금과옥조로 믿었던 거짓과 위선에 화가 났다. 창에 뜬 달이 천장까지 비추는 밤이면 언니와 나는 할머니가 돌아오게 해달라고 간절히 기도했다.

달이 크고 높이 뜨면 추석이 온다는 할머니의 말씀을 기억했다. 그리움은 부엌 옆 수돗가에서 자라고 있던 토란대처럼 커졌다. 할머니를 보러 가야 한다는 생각이 가슴을 흔들어댔다. 생각은 온몸을 타고 들어와 심장까지 두근대게 했다. 내겐 수년간 동전을 모은 저금통이 있었다. 결심을 하니 가슴엔 만족감으로 가득차, 팔뚝이 다 드러나는 민소매 원피스를 입었어도 하나도 부끄럽지 않았다. 가을은 나에게 황홀한 결심을 선물했다.

나의 가출은 미아리 대지극장 부근을 지날 때 끝났다. 동네 만화방 아주머니에 의해 발견되어 집으로 끌려왔다. 가출은 두 시간 만에 끝났고 빠른등기 우편물처럼 부모님께 인도되었다. 내 딴에는 사선을 넘듯 비장한 각오로 실행한 가출이었다. 목덜미를 잡혀 되돌아오자 감당 안 되는 수치심은 열꽃으로 올라왔다. 며칠간 학교에 가지 못했다.

어느새 아침저녁으로 바람이 서늘해져 새벽녘엔 이불을 뒤집어써야 했다. 아무것도 넘길 수가 없었다. 물도 삼키지 못할 정도로 열이 심하자 아버지는 대구 외삼촌에게 연락을 취했다. 할머니가 돌아오자 나는 언제 그랬느냐는 듯이 벌떡 일어났다. 할머니를 보자 허기가 올라왔다. 할머니는 고구마순 나물로 밥상을 차렸고, 밥을 뜬 숟가락 위에다 고구마순 나물을 소복이 얹어주셨다.

"먹기 쉽구로 몰랑하게 삶았데이. 마이 무라. 툴툴 털고 일어나 얼렁 학교 가야제."

허기진 속을 할머니가 해준 고구마순 나물로 채웠다. 가을 내내 할머니가 만들어준 낯익은 반찬으로 밥을 먹었고 허벅지에 점점 힘이 붙었다. 내 곁을 충실히 지켜주었던 달은 할머니가 오자 가을밤 내내 조손祖孫 간의 수다 게스트로 초대되었다.

여름내 농익어가던 햇살은 대추나무에게 튼실한 열매를 보상해주었다. 무시무시하게 뜨겁던 태양의 열기가 사그라들자, 온화해진 가을 땡볕은 고추를 빨갛게 말려주었다. 할머니는 우리 곁에서 3년을 더 머무시다가 예고 없이 훅 치고 들어온 병마로 갑자기 돌아가셨다. 세월이 흐르고 나이를 먹어감에 따라 할머니와의 추억은 조금씩 옅어져갔다.

하지만 고구마순 나물을 볼 때마다 여전히 그리움은 남대

내 쏠쏠하고 다정한 할머니의 손맛,
고구마순 나물

고구마순 나물은 정성이 많이 들어간다.

껍질을 벗기는 데 시간이 많이 걸리는 탓이다.

화려하지 않지만 공력이 많이 들어간 반찬이다.

생고구마줄기를 벗기기가 얼마나 어려운지

벗겨본 사람은 안다.

고구마줄기를 다듬으면서 할머니를 만난다.

천을 거슬러오르는 연어처럼 치받고 올라온다. 해마다 이맘때쯤이면 고구마줄기를 사다가 삶아놓고는, 볶아서 나물로도 해먹고 말려서 보관도 한다. 고구마순 나물은 정성이 많이 들어간다. 껍질을 벗기는 데 시간이 많이 걸리는 탓이다. 화려하지 않지만 공력이 많이 들어간 반찬이다. 생고구마줄기를 벗기기가 얼마나 어려운지 벗겨본 사람은 안다. 그나마 줄기의 색이 밝고 선명하고 싱싱하지 않으면 껍질이 잘 벗겨지지 않는다. 고구마줄기를 벗기다보면 즙으로 인해 손톱이 까맣게 물든다. 하나하나 따로 벗겨야 해 시간과 품이 많이 들어간다. 고구마줄기를 벗기는 것도 요령이 있다. 먼저 줄기를 반으로 부러뜨려 껍질을 쭉 잡아당긴다. 반대쪽도 마찬가지다. 끝부분을 살살 잡아당기면 필름이 벗겨지듯이 껍질이 따라나온다. 투명한 껍질이 줄기의 겉부분을 감싸고 있어 이를 제거해야 부드럽고 아삭한 나물이 된다.

고구마줄기를 다듬으면서 할머니를 만난다. 그토록 사랑받았음에도, 내 기억을 한껏 부풀려봐도, 고구마순 나물 외엔 또렷하게 기억나는 게 별로 없다.

할머니는 가을을 싫어하셨지만 할머니 덕분에 내게 가을은 가장 좋아하는 친구가 되었다. 내 밤톨 같았던 유년 시절, 아름답고 따뜻했고 슬펐지만 동시에 기쁜 날들로 채울 수 있었던 것은 할머니와 함께한 추억이 있기 때문이다. 어릴 적의 상처는 어른이 되어도 흉터로 남는다. 그러나 나는 신기하게도 그 흉터가 밉지 않다. 강물이 뒤로 흐를 수 없듯, 나중에 내 기억이 사그리 지워져도 내 혀가 기억하는 고구마순 나물 맛은 잊지 못할 것이다. 껍질을 벗겨 제 살을 공양하는 나물의 헌신을 어찌 세 치 혀 맛으로만 느낄 수 있으리.

풍찬노숙의 삶과 맞장뜨며 살아온 여자의 교과서, 아귀찜

느끼한 음식을 먹다보면 맵고 개운한 음식이 당긴다. 대놓고 말을 못 해 부글거리는 속을 한바탕 뒤집고 싶을 때 생각나는 음식이 아귀찜이다. 매운 아귀찜 한 젓가락을 입속에 넣고 씹는 순간, 물컹한 아귀의 껍질살과 같이 씹히는 아삭하고 매운 콩나물은 혀의 움직임을 민첩하게 만든다. 매콤하고 알싸한데다 뜨거운 아귀찜 특유의 매운맛 때문이다. 차갑게 매운 화한 맛과는 다르다. 매운맛에도 이렇게 차이가 있다.

아귀는 흰살생선의 부드러움과 콜라겐을 다량 함유한 생선으로 쫄깃한 식감을 가졌다. 우락부락한 겉모습과 달리 반전매력이 있다. 심해어 특유의 담백한 맛을 지녔다. 아가미, 지느러미, 꼬리, 몸통살 등 부위마다 식감이 달라 미식가들에게 귀한 대접을 받는다. 탄력 있는 식감에다 비린내가 거의 없다.

콩나물 사이에 숨어 있는 미더덕을 찾아내 오도독 씹다가 입천장을 데기도 한다. 아귀찜을 어느 정도 먹었으면 자작한 국물에다 쫑쫑 썰어넣은 김치와 남은 건지를 버무려 밥을 볶는다. 마지막으로 김가루를 솔솔 뿌리면 내가 아귀찜을 먹은 건지, 아귀가 나를 먹어치운 건지 헷갈릴 정도로 맛있다.

잡히자마자 바다에 버려지거나 어시장 한구석에 내동댕이쳐지는 천덕꾸러기 생선이 아귀다. 그 아귀가 요리로 환골탈태하여 찜이나 탕으로 대접받게 된 데는 사연이 있다. 6·25전쟁이 나자 부산은 피란민들로 북새통을 이뤘다. 전국에서 모여들다보니 먹거리도 각양각색이었다. 마산에서는 아귀를 꾸덕하게 말려서 아귀찜을 만들었으나 부산에서는 생아귀로 찜을 만들어 '물꽁찜'이라 했다. 마산과 부산은 서로 자기가 원조라고 주장하는데, 아귀를 어떤 상태로 요리하느냐에 따른 차이다.

동서는 자궁경부암 판정을 받아 투병중인 환자다. 투병중임에도 성격 자체가 명랑한데다 긍정적이어서 주변 사람들에게 사랑을 받는다. 예쁜 얼굴에 눈빛까지 선해 바라보는 곳마다 감사가 흘러넘친다. 그녀는 아프고 나서야 건강이 소중하다는 걸 알게 되었다고, 뜻하지 않은 병마로 득도한 도사처럼 담담했다. 강풍이 불면 쓰러지지 않으려고 나무가 더 깊이 뿌리를 내리듯, 아픔을 받아들이면서 속이 더 깊어졌다.

동서를 만나 대뜸 안양 석수역 근처에서 아귀찜을 먹게 된 건 추석 선물 때문이었다. 남편에게 발신자를 알 수 없는 핑크빛 티셔츠가 배달되었다. 누가 보냈냐고 물었지만 대답이 없었다. 그 침묵이 부아를 돋우었다. 재차 묻자 "그냥 아는 사람이야" 마지못해 입을 열었다. 비밀스럽게 구는 남편의 태도에 기분이 상했다. 말과 말이 섞여야 퍼붓기라도 할 텐데 아무런 해명을 하지 않는 남편과는 더이상 대화를 어어갈 수가 없었다.

화병이 올라왔다. 동서와 이야기라도 하고 나면 속이 좀 풀릴까 하는 마음에 안양행 지하철을 탔다. 남의 힘든 도전에는 박수를 쳐주지만 내가 겪는 건 싫다. '내로남불'은 인정하기 싫지만 현실이다. 남편은 평생 내가 골라주는 셔츠만 입을 것으로 생각했다. 색다른 취향의 셔츠 선물에 묘한 시샘이 끓어올랐다. 마음 같아선 티셔츠를 팽개치고 냅다 소리를 지르고 싶었지만 겨우 참았다. 속상한 마음을 쏟아내다보니 저녁이 되었다.

"형님, 아귀찜 먹으러 가요. 내가 잘 아는 식당이 이 근처에 있어요."

동서의 말에 찾아간 곳이 석수역 근처에 있는 식당이었다.

아귀찜이 나오길 기다리는 동안 주인장인 여자는 밑반찬을 걸지게 차려내왔다. 채소 반찬에 곁들인 장아찌류의 반찬에는 쉽지 않은 정성이 들어간 게 눈에 보였다. 밑반찬이 이정도면 본 음식인 아귀찜의 맛은 보나마나다. 꽃이 예쁘면 가시도 밉지 않다. 울고불고하던 마음은 어디로 가고 반찬을 보자 자꾸 젓가락이 갔다.

혼밥은 혼자 잘 먹어도 혼술은 혼자 마시면 외롭다고 한다. 주인 여자와 안면이 있는 동서가 합석을 권했다. 막걸리 몇 잔이 오가다보니 순조롭게 대화가 이어졌다. 여자는 힘겹게 버티고 있었던 인생사를 팝콘을 튀기듯 손바닥 장단을 툭툭 맞춰가며 말을 이어갔다. 잠시 후 아귀찜이 나왔다. 한 점을 음미하니 막걸리의 취기와 아귀찜이 입안에서 만나 다정하게 회합을 했다. 맵고 짭조름한 아귀와 적당히 아삭거리는 싱그러운 콩나물과의 조화는 처음 수영을 배웠던 날처럼 두근거리는 맛이었다.

게다가 여자의 이야기는 애절시哀切詩만큼이나 아픈 사연

울고불고하던 마음도 잊게 하는
아귀찜

아귀찜이 나왔다. 한 점을 음미하니

막걸리의 취기와 아귀찜이 입안에서 만나

다정하게 회합을 했다.

맵고 짭조름한 아귀와 적당히 아삭거리는

싱그러운 콩나물과의 조화는

처음 수영을 배웠던 날처럼 두근거리는 맛이었다.

을 담고 있었다. 배우자의 쉼 없는 바람기는 고달픈 세상에다 여자를 내동댕이쳤다. 여자는 자식들의 똘망한 눈망울을 보고 힘들게 일어섰다.

"예쁘단 소리를 한 번만 들어봤음 소원이 없겠더라고…… 나두 여잔데 그 흔한 소릴 한 번 못 들어봤다니깐. 쳐죽일 놈의 인간인데 나이가 들어가니 밥이나 먹고 다니는지 불쌍한 마음이 들더라고……"

예쁘지 않아도 예쁘게 봐주는 게 사랑이다. 싫은 것도 내색 않고 참아주는 게 사랑이다. 여자는 지름길로 가지 않고 헤쳐나가는 길을 선택했다. 측은지심이 사랑을 이어가게 하는 접착제라는 것을 알고 있는 여장부였다.

사랑에 투항하고 나니 자기도 모르게 퍼주는 사람이 되어 있었다. 여자의 푸근한 인심은 한 번이라도 밥을 먹고 간 사람을 다시 찾아오게 했다. 손맛이 좋아 식당은 번창했고 돈도 제법 벌었다. 사랑엔 배신당했지만 찾아오는 단골손님들은 절대 배신하지 않았다. 문득 여자에게서 영화 〈길〉에 나오는 젤소미나의 얼굴이 떠올랐다. 모든 삶에는 허우적거린 흔적이 남아 있으니 말이다.

어두워지자 식당 안은 제법 손님들로 북적거렸다. 여자는 손님을 맞으러 일어섰다. 일몰은 이미 내려왔고 주위는 어두웠다. 철길을 따라 정렬된 불빛은 상점의 광고용 전광판처럼 반짝거렸다. 어둠에 길이 들면 세상을 내다보는 심안이 생긴 다는데, 이 나이 먹도록 아직도 어둠이 무서우니 심안이 생길 리가 없다.

언제부터인지 비가 내리고 있었다. 동서와 헤어지고 여자 가 싸준 남은 아귀찜을 들고 역으로 걸어갔다. 비를 맞고 있는 편의점의 파란 의자 위에는 누가 두고 갔는지 빨간 우산이 버 려져 있다. 우산은 흙먼지가 가득 끼어 있어 남루했다. 그러 나 비를 피하려면 남루한 우산이라도 써야 했다. 우산을 펴자 먼지를 뒤집어쓴 빗물은 플라멩코를 추는 무희처럼 핑그르르 원을 그렸다. 여자의 고해성사는 시샘으로 전전긍긍했던 내 마음에게 악수를 청했다. 남의 비극 앞에서 나의 행복을 떠올 리는 얄팍한 심리는 마음속에 잔류했던 남편에 대한 불신을 물러가게 했다.

·

어둠은 천천히 왔지만 오랫동안 두려움에 떨게 했 다. 어릴 적 부모님은 어린 자식들만 집에 두고 일하러 나가셨 다. 어린것들만 두고 나가는 엄마는 발걸음이 쉽게 떨어지지 않았던지 서너 번씩 들락거린 후에야 대문을 닫았다. 낮엔 노 느라 시간이 잘 갔지만 밤엔 더디게 갔다. 방마다 전구를 켰지

만 어둠은 물러가지 않았다. 엄마의 발소리는 긴 기다림 끝에
야 들려왔다. 언니와 나는 잠들지 않아야 문을 재빨리 열어줄
수 있다는 걸 알고 있었다. 잠들지 않으려고 눈을 부릅떴다.
개구리가 억척스럽게 울어대는 한밤중이 되어서야 엄마가 왔
다. 엄마는 센베이 과자가 담긴 누런 봉지를 내밀었다. 오랜
기다림을 실망시키지 않는 보상이 있었기에 쏟아지는 잠을
참을 수 있었다. 어둠이 무서웠지만 달콤함이 주는 쾌감 때문
에 어둑서니를 몰아낼 수 있었다.

　　동서의 맞장구는 아름다운 시를 읊어주는 것보다 감
격스러웠다. 동서가 사준 아귀찜은 풍찬노숙의 삶과 맞장뜨
며 살아온 여자가 쓴 교과서였다. 그물에 걸렸지만 도로 바다
에 버려지는 아귀처럼 텀벙거리면서 살아온 세월을 맛으로
승화해 여자의 음식은 소문이 자자해졌다. 고진감래로 단련
된 여자의 손맛은 입속에서 살살 녹는 매콤한 아귀찜을 만들
어냈고, 비법의 맛은 사람들을 모여들게 했다.

　　포도가 포도주가 되려면 단맛은 빠지고 진한 향을 품으며
알코올로 변해야 한다. 힘겨운 과정을 견뎌낸 포도주에는 어
떤 명언집보다 진솔한 철학이 담겨 있다. 안절부절 더웠다 추
웠다 몸살 같은 심통이 치솟아 매운 음식으로 속을 한판 뒤집

238

고 싶은 날이었다. 여자가 만든 맵고 칼칼한 아귀찜으로 꽃샘 추위에 햇볕을 쬐듯 치유받았다. 치유받고 나니 굳이 먼 나라 산티아고까지 순례길을 찾아갈 이유가 없어졌다.

아귀는 칼로 여러 번 자르고 씻은 뒤 다른 재료와 섞어 거센 불길에 맡겨야 찜이 만들어진다. 인생도 마찬가지다. 수많은 난관으로 여러 번 잘리고 씻기고 다듬어져서 고루 단련되었을 때 비로소 사람다워진다. 젊음이 가니 몸에선 향기로운 비누향보다는 비 맞고 떨어져 썩어가는 단감 냄새가 난다. 그래도 젊을 때보다 지금이 좋다. 음식을 단짠의 맛으로만 평가할 수 없듯, 홍어가 곰삭아가는 냄새를 호오好惡로만 평가할 수 없다. 발효가 잘된 아귀의 간은 시간이 갈수록 고급 치즈의 맛을 낸다. 늦둥이 감성일지언정 꽃이 필 때 홀로 겪는 고독을 눈치챌 수 있는 지금이 좋다.

전철을 타고 오면서 꼭꼭 숨겨두었던 서운한 마음을 창에다 썼다 지웠다를 반복했다. 밖이 어두우니 글자가 선명하게 보였다. 사람이 뿜어대는 열기로 글자는 가늘고 긴 형태로 흘러내렸다. 마침내 글자는 지워졌다. 퇴근 시간이 아니어서 서 있는 승객들 보다 앉아 있는 사람이 더 많았다. 전철은 덜컹거리며 구닥다리 스피커에서 나는 낡은 소리를 냈다. 그러나 올 때와는 다르게 밖의 어둠과 천변 풍경이 잘 어울린다는 생각이 들었다.

이심전심은 통한다고 아귀찜의 은총이 깊다.

엄마는 왜
페루에서 국화빵을 구웠나

엄마는 내리박이로 딸 셋을 낳고 마지막으로 아들을 낳았다. 세번째는 아들인 줄 알았는데 딸이 태어나자 실망한 아버지는 딸은 이제 셋으로 그만 끝내자는 의미로 석 삼三 자에 돌림자 '하夏'를 써서 '삼하三夏'라고 이름 지었다. 아버지가 여자아이한테도 돌림자를 붙여서 이름을 지어준 것은 남북통일이 되면 이북에 있는 형제를 찾을 때 돌림자를 보고 쉽게 찾으라는 의미에서였다. 그렇게 내 여동생은 태어나자마자 고추를 달고 나오지 않았다는 이유로 실망을 안고 태어난 아기가 되었다.

엄마의 배가 봉긋이 불러오자 한동네에 살던 젊은 판사댁은 근심 가득한 얼굴로 우리집을 자주 드나들었다. 결혼한 지

7년이 지나도 아기가 없자 딸아이라도 입양하려고 벼르던 중이었다. 그런데 아무 아이나 데리고 올 수는 없었던 차에 동네에 퍼진 소문은 판사댁에게는 안성맞춤이었다. 동네에서는 큰대문집 여자가 딸 둘을 낳자, 남편이 아들 타령을 하며 바람을 피운다는 소문이 자자했다. 동네 사람들은 엄마를 큰대문집이라 불렀다.

"큰대문집요. 이번에두 딸을 낳으면 고마 우릴 주이소. 딸만 내리백이로 낳았다고 이사장이 뭐라 안 카겠능교. 우리집은 아이가 없으니 델고 가 기척 없이 잘 키울 테니까 믿고 주이소."

엄마는 이번에도 딸을 낳으면 아버지를 볼 면목이 없는지라 그리하겠다고 판사댁과 철석같이 약속했다. 엄마의 배가 불러올수록 판사댁은 공을 들였다. 엄마가 먹고 싶다는 말을 꺼내기 전에 진기한 과일을 보내왔고, 귀한 음식을 조석으로 사람을 시켜 보내왔다. 그래야 머리 좋은 아이를 낳는다고 말이다. 엄마가 어두운 표정을 짓고 있으면 판사댁은 그러면 아이한테 안 좋다고 데리고 나가 영화 구경도 시켜주었고, 때로는 동촌유원지로 드라이브도 시켜주었다.

판사댁은 엄마보다 몇 살 위였는데, 좋은 집안에서 태어나 교육을 많이 받은 여성이었다. 엄마에게 책도 읽어주었고 유성기를 틀어 좋은 음악도 들려주었다. 이른바 태교를 시킨 것이다. 임신 기간 내내 엄마는 판사댁과 지내면서 달이 차올수록 자식을 기다리는 기쁨을 누릴 수 있었다. 아버지의 바람으로 속을 끓이느라 그동안 누려보지 못했던 임신부의 특권을 약간이나마 즐겼다.

판사댁이 얼마나 아이를 기다렸으면 그렇게 산모에게 공을 들였는지 눈물겨운 이야기이다. 엄마는 이러다 아들을 낳으면 실망해서 어쩌려구 그러냐고 물었더니 "그카믄 니가 하늘을 나는 게지. 반대로 딸을 낳으면 내가 하늘을 나는 거구" 하더란다. 확률은 반반이었다. 여인들은 확률이 반반인 게임을 눈물겹게 치르고 있었다.

산달이 왔다. 판사댁은 배내옷과 베개, 기저귀, 이불, 젖병까지 신생아에게 필요한 모든 도구를 일습으로 다 준비했다. 말이라곤 없는 무뚝뚝한 판사님도 엄마의 불룩한 배를 보러 집으로 올 정도였으니 이들의 관심에 대해 말해 무엇하겠는가. 드디어 엄마의 산통이 시작되었고 조산원이 집으로 왔다. 그러나 판사댁은 엄마를 대구 파티마병원으로 옮기려했다. 최고의 시설을 갖춘 병원에서 낳아야 한다고 주장한 것이다. 혹시라도 잘못되면 안 된다는 판단에서 그들은 최고 시설을 갖춘 병원에서 아이를 낳기를 희망했다.

아무것도 모르는 아버지는 "내 자식인데 늬들이 뭔데 참견을 하느냐"고 화를 냈다. 하지만 엄마는 첫 출산도 집에서 산파의 도움으로 치렀건만 세번째 출산은 결국 대구 파티마 병원으로 갔다. 그리고 또 딸을 낳았다. 세번째도 딸이 태어나자 엄마는 울었다. 내리박이로 딸을 낳았다는 게 서러워서 울었고, 또 딸을 낳아 남편이 바람피우는 이유를 정당화시키는 것이 억울해서 울었다.

신생아에게 초삼일 동안은 어미젖을 물려야 했다. 판사댁은 한시라도 빨리 데려가고 싶었지만, 초유를 먹어야 아기가 탈 없이 자라는지라 참을 수밖에 없었다. 엄마는 아기에게 젖을 물렸다. 어린 생명은 간지럼을 타듯이 몸을 꼼지락대며 젖을 세차게 빨아댔다. 집으로 온 엄마는 아기에게 정을 주지 않으려고 윗목에 밀어두었다. 윗목에 올려진 아기는 서러운지 얼굴이 빨개지도록 울었다. 판사댁이 들어와 아기를 안고 어르고 있었다. 엄마는 짜둔 젖을 젖병에 가득 담아 판사댁에게 내밀었다.

그때 아버지가 들어왔다. 아버지는 서슬이 시퍼런 얼굴로 소리질렀다.

"내 새끼를 뉘가 데려간다구 기래? 뉘기가 허락했다구 함부로 새끼를 뺏어가는 거이가?”

아버지의 말은 모든 것을 정리해버렸다. 판사댁은 울고불고 매달렸지만 아버지는 까딱도 안 했다. 누가 딸을 낳았다고 제 새끼를 남의 집에 주느냐고, 내가 딸을 팔아먹는 심봉사냐며 난리를 쳤다. 엄마더러 앞으로 딸을 열 명 낳아도 괜찮으니 아들을 낳을 때까지 자식을 계속 낳으라고 고함을 질렀다.

동생은 판사집의 딸로 바뀌어 자랄 뻔했다. 그러나 갑자기 나타난 아버지로 인해 모든 것이 수포로 돌아갔다. 만약, 그때 동생이 판사집으로 보내졌다면 동생의 인생은 어찌 달라졌을까?

아버지의 반대로 여동생은 우리집 셋째딸로 유난히 아버지의 사랑을 받고 자랐다. 나와 언니는 아버지를 무서워했고 싫어했지만, 동생은 아버지 무릎에 앉아서 밥도 먹고 아버지 옆에서 잠을 잤다. 신기한 일이었다. 그 무서운 아버지가 동생한테는 연한 배 같았다. 아버지는 동생을 데리고 첩의 집에도 갔고 친구들을 만날 때도 데리고 다녔으며, 귀한 음식을 먹을 때도 데리고 갔다. 동생은 아버지와의 추억이 많다.

우리 세 자매가 아버지에 대한 추억을 꺼내면 우리는 아버지가 각기 다른 사람인 것 같다. 이것은 얼마나 슬픈 사연인가. 그만큼 각자가 아버지에 대해 지니고 있는 기억이 다르다는 말과 같다. 아버지 눈엔 세상에서 가장 예쁜 존재가 딸이었어야 하는데 아마도 동생만 그런 존재였던 것 같다.

그런 동생이 자라 결혼하는 걸 보지도 못하고 아버지는 이른 나이에 돌아가셨다. 성장하면서 동생은 판사집으로 보냈으면 호의호식을 하고 살았을 텐데 아버지가 자식 욕심을 부려서 고생한다고 불평하곤 했다. 그러다 남자를 만나 이민자의 삶이 뭔지도 모르고 결혼하여 파라과이로 이민을 떠났다. 당시 파라과이는 지도를 찾아보고서야 알 정도로 생소한 나라였다.

제부는 꿈이 커도 너무 큰 사람이었다. 1980년도 당시 200만 불은 어마어마한 돈이었다. 그만한 돈을 파라과이의 중심도시 아순시온에서 벌었으니 한인 사회에서 타깃이 되는 것은 당연했다. 돈을 버니 제부도 흥청망청 돈을 쓰기 시작했다. 카지노를 들락거렸다. 그러면서 범죄자들에게 노출되었던 것 같다. 노상강도에게 살해당하고 교통사고로 위장된 것으로 의심이 갔다. CCTV가 없는 나라에서는 살인을 당해도 증거가 없으니 증명할 방법이 없었다. 제부의 장례식을 치르고 나니 오만 정이 떨어진 동생은 더이상 파라과이에선 살 수가 없었다. 모든 것을 정리하고 건너온 나라가 페루였다.

과부가 된 동생의 나이는 서른여섯 살이었다. 엄마가 과부가 되었을 때도 서른여섯 살이었다. 인생도 유전된다고 엄마는 자기 팔자를 닮았다며 "고마 그때 판사집에 줘버렸으면 이런 참변은 겪지 않고 살았을 낀데……"를 외치며 오열했다. 엄마는 동생의 아이들을 돌봐주느라 파라과이로 갔다. 만약 엄마가 동생의 곁에 없었더라면 그 힘든 세월을 어찌 버텼을지 모르겠다. 아무리 남미가 붙어 있는 나라라 해도 새로운 곳으로 둥지를 옮긴다는 것은 쉬운 일이 아니었다. 아무도 없는 페루에서 동생은 엄마에게 의지해 삶을 새로 시작했다.

동생은 페루의 수도 리마의 레지덴시알 산 펠리페 지역의 아파트를 얻어 정착했다. 1995년 당시 그 지역은 한인들이 많이 사는 동네였다. 먹고살 거리를 고민하던 중 목사님의 도움으로 약국을 열었다. 아방카이 지역의 히론 쿠스코 거리에다 약국을 얻었는데, 그곳은 한국으로 치면 종로5가 보령제약이 있는 중심지로 보면 이해가 빠를 것이다. 문제는 그곳 건달들이 찾아와 자릿세를 뜯어갔다는 점이다. 돈을 주지 않거나 경찰에 신고할 경우, 행패를 부려 장사를 하지 못하게 했다. 동양 여자가 약국 문을 여니 만만하게 보았던 모양인지 수시로 찾아와 돈을 요구했다. 돈을 준다고 해결될 문제가 아니라고 생각한 동생은 이들의 건강 상태부터 파악했다.

"Tu tiene ploblerma de salud yo puede solution.(건강에

문제가 있으면 말해. 내가 해결해줄게.)"

　이들은 처음엔 뭐 이런 여자가 다 있냐는 표정을 짓다가 차츰 동생의 진심을 받아들였다. 아플 때마다 찾아와 약을 지어갔다. 처음엔 당사자들만 왔지만, 나중엔 그들의 가족들까지 찾아왔다. 차츰 건달들은 마음의 문을 열었고 친해지니 그들도 똑같은 사람이었다. 남미는 일이 늦게 끝나 야심한 시각에 문 닫을 때가 강도의 위험에 가장 크게 노출되는 때이다. 그들은 위험을 예방하고자 몇 명씩 조를 지어 기다렸다가 문을 닫아주었고 쓰레기도 같이 치워주었다.

　당시 페루는 일본계 페루인인 후지모리가 대통령으로 재임중일 때여서 동양인에 대한 신뢰도가 좋은 편이었다. 동생은 타고난 친절함으로 평판이 좋았다. 주변의 약국들이 폐업하면서 약 재고를 인수해달라고 청했다. 동생은 기꺼이 인수했고, 이 약으로 아방카이 근처 사라테 지역의 빈민가를 돌면서 의료봉사를 시작했다. 이것이 동생이 비영리 의료단체NGO 활동을 시작한 계기였다.

　아방카이 시장의 건달들 중 최고 보스인 엑톨은 동생이 부탁하지 않았음에도 알아서 도와주었다. 창고에 보관된 약을 지켜주었고, 서로 먼저 치료를 받겠다고 몰려드는 빈민들을 통제해주었다. 거칠고 잔혹하다고 소문이 자자한 깡패 엑

톨이 '독도라 리Dra. Lee' 앞에서는 그리 고분고분할 수가 있냐고 사람들은 신기해했다. 그러나 사람의 마음은 같았다. 진심은 통하기 마련이니 말이다.

친절한데다 가난한 원주민을 돕는다는 소문이 나자 밥 먹을 시간도 없을 정도로 약국은 문전성시를 이뤘다. '해와 달 약국FARMACIA SOL Y LUNA'은 한인 사회에서는 유일한 한인 약국이기도 했지만 동네병원의 역할도 했다. 마음의 병이 드니 외로워서 찾아왔고, 박카스가 그리워서 찾아왔으며, 언어가 통하지 않으니 현지 병원에는 갈 수가 없어 병원을 찾아가기보다는 '해와 달 약국'으로 찾아왔다. '해와 달 약국'은 한인 커뮤니티의 산실이었다.

동생은 원주민들에게 '독도라 리'로 불렸고 엄마는 '마드레Madre'(스페인어로 '엄마'라는 뜻)로 불렸다. 아침이면 엄마는 출근하면서 도시락을 한 보따리 싸왔다. 그 밥은 약국 식구들만 먹는 게 아니라 주변의 원주민 상인들, 심지어는 노점상들까지 같이 먹었다. 심지어는 "폴 파볼Por Favor!(제발 도와주세요!)"을 외치며 구걸하는 거지들에게도 밥을 나눠주었다. 거지들은 항상 그 시간이면 밥을 먹으려고 약국 앞에 와 있었다. 엄마의 손은 항상 크고 푸짐했다. 원주민들은 한국 음식에 열광했으며, 밥을 먹고 난 후에는 "감사합니다"라는 한국말을 배워 인사했다. 동생의 의료봉사는 점점 범위가 커져갔고 무료급식까지 하게 되니 돈은 점점 더 많이 필요해졌다.

약국의 수입은 일정한데 그렇다고 아직 페루에 온 지도 얼마 안 돼 아는 사람도 없어 기부받을 곳도 알지 못했다. 엄마는 머리를 썼다. 약국 입구의 한 모퉁이에서 국화빵 장사를 하기로 아이디어를 냈다. 아방카이 시장을 뒤져 국화빵 틀을 제작했다. 말은 안 통하지만 보디랭귀지에 그림까지 동원해 성공적으로 국화빵 틀을 만들었다. '이스트'라는 단어를 스페인어로 몰라 가게에 가서 "빵 푸~"라고 하니 주인이 알아듣고 '이스트'를 꺼내준 걸 보면 엄마의 언어 감각은 대단했다. 남미 쪽 사람들은 팥을 먹지 않기 때문에 팥 대신 소로 '망하블랑카Manjablanca'라는 슈크림처럼 생긴 달달한 초코버터를 넣어서 히트를 쳤다.

예상대로 국화빵은 엄청나게 잘 팔렸다. 1995년 당시의 물가로 하루에 평균 700솔(300불) 정도로 팔렸으니 지금의 한국 돈으로 치면 40만 원 정도의 수입을 올린 것이다. 엄마의 손이 빠르기도 했지만 굽기가 무섭게 국화빵은 팔려나갔다. 나중엔 장사가 너무 잘돼 조수를 한 사람 써야 할 정도였다. 장사가 잘되니 주변에서 국화빵 장사를 따라 하는 짝퉁 국화빵 노점상이 생길 정도였다.

국화빵은 페루에서도 통했다

엄마는 머리를 썼다. 약국 입구의 한 모퉁이에서
국화빵 장사를 하기로 아이디어를 냈다.
남미 쪽 사람들은 팥을 먹지 않기 때문에 팥 대신
소로 '망하블랑까'라는 슈크림처럼 생긴 달달한
초코버터를 넣어서 히트를 쳤다.
예상대로 국화빵은 엄청나게 잘 팔렸다.

엄마는 원가를 제외하고는 남은 돈을 동생의 NGO 단체에 기부했다. 동생의 NGO단체 최초 기부자는 엄마였다. 생떼 같은 남편을 잃고 모든 것을 정리하고 온 곳이 페루였다. 동생은 페루에 와서 생각지도 않았던 봉사단체의 일을 하게 됨으로써 인생이 180도 달라졌다.

페루 이민자 중 일부는 경제적인 안정을 이루지 못한 교민들도 많았다. 그들은 갈 곳이 없었다. 엄마는 명절이면 그들을 집으로 초대하여 밥을 먹였다. 그들 중에는 한국에서 거친 일에 종사한 사람들도 있었다. 몰래 고국에서 도망친 사람들도 있었으며, 사기를 당해 거리에 나앉은 교민들도 더러 있었다. 엄마는 기꺼이 그들의 대모가 되어주었고, 기독교인으로서 그리스도의 사랑을 실천했다.

리마에는 수도자들이 기도를 하다가 분심憤心이 들면 다이빙을 했다는 살토 데 프라이테Salto de Flaite라는 언덕이 있다. 동생과 엄마는 스트레스가 쌓이면 이 언덕으로 찾아가 바다로 뛰어내리는 다이버를 보며 긴장으로 팽팽해진 피곤을 풀었다. 수도승 복장을 한 다이버는 10솔 정도의 돈을 받고 높은 바위에 올라가 바다로 뛰어내렸다. 물론 쇼지만 뛰어내리는 타이밍이 절묘해야 다치지 않고 바다에서 올라올 수 있다. 볼 때마다 가슴이 조마조마하니 스릴의 쾌감이 그만이었다. 잔

3부 엄마의 딸이 되려고
몇 생을 넘어 여기에 왔어

혹한 것은 죽음의 쾌감이 클수록 위험도 크다는 것을 사람들이 알고 있다는 사실이었다. 스트레스를 풀러 나왔다가 오금을 저리게 하는 위험한 쇼를 본다는 것은 너무도 잔혹한 일이었다. 그럼에도 이곳을 찾는 이유는 다이버의 잠수와 함께 복잡한 생각을 바다에다 풍덩 빠뜨릴 수 있어서였다.

엄마의 국화빵은 교민사회뿐만 아니라 리마 사람들에게도 점점 소문이 퍼져갔다. 원주민들에게도 길거리 음식으로 인기가 있었다. 만약 엄마가 장사를 목적으로 했다면 그때 떼돈을 벌었을지도 모르겠다. 음식에 감각이 있는 엄마가 페루 사람들이 좋아하는 취향으로 국화빵의 소를 개발하다보니 국화빵 장사는 점점 더 잘되었다. 그러다 동생이 약국을 정리해야만 하는 사건이 벌어졌다.

약국의 위치가 워낙 좋다보니 임대로 들어간 건물이 팔려버린 것이다. 게다가 NGO단체가 점점 커져 약국과 병행이 힘들던 차이기도 했다. 약국을 정리하면서 자연스럽게 국화빵 노점도 접게 되었다. 엄마는 국화빵 노점을 교회 선교사업에 쓰라고 기부했다. 교민들 중에는 권리금을 받고 팔라는 사람들도 있었지만 엄마는 거절했다. 처음부터 좋은 일에 쓰려고 시작한 일이었기에 끝도 좋은 일에 써야 한다는 지론이었다.

엄마는 여장부다웠고 틀이 컸다. 먹고살기가 힘든 가난한 교민들 몇 분에게 먹고살라고 국화빵 기술을 가르쳐주었다. 그들이 나가서 장사를 이어갔는데 엄마와 같은 맛을 내지 못해 실패했다. 엄마는 "재료를 아끼지 말아야지 남기려고 들면 맛이 안 난다. 소를 듬뿍 넣어야 맛이 나는 기라" 했다. 그러나 그들은 엄마처럼 밀가루에다 듬뿍듬뿍 우유와 버터를 넣지 않았고 소를 아꼈다. 그러니 '마드레의 국화빵'처럼 맛이 났을 리가 없다. 내 새끼 입에 들어가는 것처럼 만들어야 손님이 찾아온다는 엄마의 말을 들은 사람들은 성공했다.

동생은 점점 일이 바빠졌고 엄마도 덩달아 바빠졌다. 엄마는 한인 교민회의 어머니가 되었다. 교민들의 생일이 있으면 엄마는 불려가서 미역국에 잡채, 김치 등 한국 음식을 만들었다. 한국 사람들은 모여서 잔치를 벌였다. 술이 한잔 들어가면 엄마를 붙들고 "엄마"를 부르며 울었다. 엄마는 "오이야, 내가 오늘은 늬 에미다, 실컷 울어라" 하고 달래주었다. 그렇게 이민 생활의 애환을 풀었고, 엄마를 그리워하는 자식들의 어머니가 되어주었다.

동생은 아이들이 자라자 미라플로레스 지역으로 이사를 갔다. 미라플로레스는 신도시 지역으로 해변을 끼고 있는 아

3부 엄마의 딸이 되려고
몇 생을 넘어 여기에 왔어

름다운 동네였다. 아침 해변의 햇살은 눈이 부셔 이팝나무의 꽃송이처럼 하얀 빛살이 조각조각 날아다녔다. 엄마는 아침마다 해변을 걸었다. 아침 해변은 햇볕을 받아 따뜻하고 넉넉했지만 모래는 습기를 머금고 있어 축축했다.

예전 젊었던 시절, 남편의 바람으로 한창 갈등을 겪던 때 아이 넷을 데리고 떠났던 울진의 겨울바다가 떠올랐다. 성난 파도는 포말을 등대에 부딪치며 거품으로 바다의 허물을 감싸려 들었다. 파도에 밀려온 수초는 허무했던 엄마의 마음처럼 축 늘어진 채로 해안가에서 뒹굴고 있었다. 산발한 수초의 모습은 파토난 여인의 사랑처럼 응어리진 채 떠밀려다녔다. 그때 문득 엄마는 깨달았다. 소중히 품으려 할수록 달아난다는 사실을 말이다. 엄마는 울진 여행 후 당시의 가치관으로는 파격적인 이혼 소송을 시작했다.

엄마는 해변에서 넙데데한 누름돌을 몇 개 주워와 오이지를 담갔다. 그러고는 입맛이 없어 밥을 먹지 못한다는 오복떡집 조집사에게 오이지를 가져다주었다. 조집사는 엄마가 담근 오이지로 밥 한 그릇을 뚝딱 비웠다. 동생은 밤낮없이 음식을 만들어 퍼나르는 엄마를 보고 쉬라고 말렸지만 엄마는 듣지 않았다. 엄마는 오이지가 바닥을 보일 때까지 이리저리

퍼날랐다. 엄마는 스페인어를 못 했지만 어디든지 택시를 잘 타고 다녔다. 페루의 택시는 미터 시스템이 아니라 운전기사가 제시하는 가격을 거리로 흥정하는 시스템이었다.

"세뇰, 콴토 쿠에스타?Sr, Cuanto cuesta?(기사 양반 얼마예요?)"

7솔이라고 하면 엄마는 5솔에 가자고 깎았다. 운전기사는 동양인들은 돈이 많다고 생각해 바가지를 씌우려 들었다. 실랑이를 통해 겨우 가격이 결정되면 엄마는 호쾌하게 외쳤다.

"오케이, 바모스Ok, Vamos(그럼, 갑시다)."

엄마는 스페인어로 간단한 의사소통을 할 수 있었다. 스페인어를 잘 할 줄은 몰라도 숫자를 읽고 말할 줄 알았기에 자유자재로 리마 시내를 돌아다닐 수가 있었다. 다닐 수가 있으니 집집마다의 사정을 꿰뚫고 있었다.

한번은 태평양 쪽의 안콘 바닷가로 낚시를 하러 간 적이 있었다. 그곳에선 고등어가 낚시로도 잡혔다. 엄마는 잡힌 고등어의 배를 갈라 방파제에 널어놓고 말렸다. 바다 위를 날던 갈매기떼들은 방파제 위에서 말라가는 고등어의 등 푸른 살을 보고는 집적댔다. 미련을 버리지 못한 갈매기떼들은 끊임없이 저공비행을 반복했다.

햇볕이 얼마나 좋았던지 집으로 돌아갈 무렵에는 꾸덕꾸덕 고등어가 말라 있었다. 고등어구이를 해서 온 동네 잔치를 벌였음은 두말할 필요가 없다. 그물로 정어리도 잡았는데, 잡아온 정어리로는 젓갈을 만들었다. 직접 잡은 싱싱한 정어리로 젓갈을 담갔으니 맛은 말해 뭣할까? 그 젓갈로 김장을 담갔으니 김치 맛이 일품이었다. 집에 와서 밥을 먹은 사람들은 다 어머니의 김치를 계속 먹고 싶다는 말을 할 만큼 엄마의 음식 솜씨는 알아줄 만했다.

엄마는 젊어서 아버지의 바람기로 마음고생을 많이 한지라 말년에는 편히 살기를 바랐다. 게다가 동생이 경영하는 건설회사도 자리가 잡혀 어느 정도 경제적인 안정도 갖추었다. 그럼에도 엄마는 몸뚱이가 편하면 게을러진다며 잠시도 쉬지 않았다. 교회에서는 부엌일을 자처해 교인들에게 맛있는 밥을 먹였으며, 겨울이 오면 김장을 담가 불우이웃 돕기에 앞장을 섰다. 아마 당시 페루 교민들치고 엄마의 밥을 안 먹어본 사람은 없을 것이다. 그 정도로 엄마는 교민들에게 고루 밥을 먹였다. 그러나 세월엔 장사가 없다고 엄마는 점점 약해졌다. 결국 의료 시설이 열악한 페루보다는 고국행을 택해 서울로 돌아오셨다.

고국에 와서 몇 년을 더 살다가 돌아가신 엄마, 석가모니는 자식을 '장애'라 했다지만 엄마는 자식이 '보물'이라고 입만 열면 자랑스러워하셨다. 내 살과 피로 만든 자식이지만 나이가 드니 누가 누구인지도 모르겠다고 당신을 닮았음을 좋아했던 엄마다. 나이가 들어갈수록 엄마를 닮아가는 우리 자매는 부지런을 떠는 것까지 닮았다. 한줄기에 나왔는데 어찌 따로 떼어내 말할 수 있겠는가.

2010년 겨울, 나는 동생을 만나러 갔다. 해가 넘어갈 무렵, 파르케 델 아모르Parque del Amor(사랑의 공원) 근처에 있는 카페에 들어가 커피를 마셨다. 해가 넘어가자 슬슬 추워졌다. 담요를 뒤집어쓰고 가스난로를 켰지만 해변에서 불어오는 냉한 바람을 막기엔 부족했다. 연인들은 하나둘 모여들었고, 카페 안에서는 연인들끼리 몸을 섞은 채 키스를 나누고 있었다. 은밀한 숨소리가 여기저기서 들려왔다. 동생과 나는 담요를 뒤집어쓴 채, 에덴동산이 바로 이곳이라며 농담을 주고받았다. 그때 갑자기 엄마가 말했다.

"늬 아버지 마음만은 어찌할 수가 없더라."

엄마의 말은 오랫동안 가슴속에서 삭고 삭아 이제는 향기조차 날아가버린 오래 묵은 씨간장 같은 말이었다. 얼마나 오랫동안 가슴을 쓰리게 했던 붉은 진물이었을까? 애잔한 마음이 들었다. 혼자서 살아가는 동생도 엄마의 말에 공감하는지 고개를 끄덕였다.

사랑은 흔들리는 배 위에서 나누는 위험한 입맞춤 같은 것인지 모르겠다. 봄바람 같은 끌림에 빠져들어간 사랑이었다. 몸부림치며 빠져나오려고도 했지만 사랑의 과신과 맹목은 반드시 흔적을 남겼다. 당신의 딸이 자라 같은 여자로서 엄마와 속마음을 나눌 수 있는 나이가 되다니 세월이 참 많이도 흘렀다.

마추픽추 정상에 서서 와이나픽추를 바라보며 엄마는 말했다.

"야야, 저기는 아무나 못 간다. 저긴 올라갈 기회가 있을까 말까데이. 힘들어두 파뜩 갔다 온나."

나는 고산증의 후유증으로 두통에다 구토가 올라와 정신이 하나도 없었다. 와이나픽추고 뭐고 엄마 말이 들리질 않았다. 그러나 나중에 거길 안 간 것이 얼마나 후회가 되었는지 모른다. 언젠가 엄마를 다시 만나게 되면 엄마에게 와이나픽추를 같이 가자고 말할 것이다.

"마마, 바모스 콘 미고Mama, Vamos con migo(엄마, 꼭 나랑 같이 가요)."

와이나픽추에서 바라보는 세상은 어떨까. 내 눈앞에 어떤 풍경이 펼쳐질지는 모르지만, 내가 엄마에게 하고 싶은 이야기는 분명히 알고 있다.

엄마 딸이 되려고 몇 생의 업을 넘고 넘어서 이렇게 왔다고……

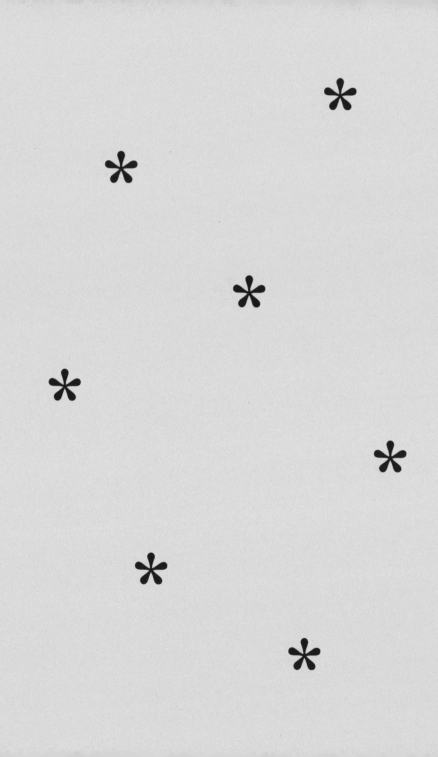

엄마의 딸이 되려고 몇 생을 넘어 여기에 왔어

ⓒ이순하 2024

1판 1쇄	2024년 4월 29일
1판 2쇄	2024년 6월 13일

지은이	이순하

기획·책임편집	이연실
편집	고아라 염현숙
디자인	김하얀
마케팅	김도윤
브랜딩	함유지 함근아 고보미 박민재 김희숙 박다솔 조다현 정승민 배진성
저작권	박지영 형소진 최은진 서연주 오서영
제작	강신은 김동욱 이순호
제작처	천광인쇄사

펴낸곳	(주)이야기장수
펴낸이	이연실
출판등록	2024년 4월 9일 제2024-000061호
주소	10881 경기도 파주시 회동길 455-3 3층
문의전화	031) 8071-8681(마케팅) 031) 955-2651(편집)
팩스	031) 955-8855
전자우편	pro@munhak.com
인스타그램	@promunhak

ISBN 979-11-987444-0-1 03810